ATELIER

DER JUNGE MANN UND DAS MEER

HANNO MILLESI

ATELIER

EDITION ATELIER WIEN

It's odd that people don't hate the sea

Thomas d'Angleterre, Tristan-Fragment

Der junge Mann und das Meer

Wer jetzt noch auf den Beinen ist, dem verabreicht der morgendliche Nieselregen einen ernüchternden Gutenachtkuss. Dem jungen Mann, der sich zu dieser frühen Stunde schon wieder auf die Socken macht, vermittelt der feuchte Schleier hingegen den Eindruck, eine versehentlich nicht abgeschlossene Badezimmertür geöffnet und jemanden bei der Körperpflege überrascht zu haben. Genau genommen nicht *jemanden*, sondern die paar Straßenzüge, von denen er – ein wenig voreilig, wie sich jetzt herausstellt – angenommen hat, mit ihnen verbinde ihn bereits eine gewisse Vertrautheit.

Als wäre das um diese Uhrzeit einigermaßen viel verlangt, springt sein Auto erst nach allerhand Würgen an, und während er dem Motor einen Moment gibt, fahrbereit zu werden, zieht der junge Mann den Reißverschluss an seiner Jacke bis unter das Kinn. Zehn, vielleicht auch zwanzig Meter weit entfernt reagiert ein Müllwagen darauf, indem er mit Hilfe seiner hydraulischen Hebevorrichtung, die einen ächzenden Laut von sich gibt, den Inhalt einer Tonne in seinen Laderaum kippt.

Der junge Mann ist schon so früh unterwegs, weil er sich vorgenommen hat, dem Fischerhafen einen Besuch abzustatten. Der Fischerhafen ist seiner Gastgeberin, nach jenen Sehenswürdigkeiten ihrer Stadt befragt, die in einem Reiseführer nicht unbedingt Erwähnung finden, als Erstes eingefallen. Auf diesen Hafen ist die Stadt nicht unbedingt stolz – angeblich, weil dort keinerlei hygienische Vorschriften eingehalten werden. Noch dazu spielt sich am Hafen alles in den frühen

5

Morgenstunden ab. Für den jungen Mann Grund genug, ihn als Ziel ganz oben auf seine Liste zu setzen.

Beim Fischerhafen angekommen, bleibt dem jungen Mann nichts anderes übrig, als sein Auto auf einem der laut Bodenmarkierungen Anrainern vorbehaltenen Parkplätze abzustellen. Einige Kleinlaster blockieren die Zufahrt zu dem für Besucher vorgesehenen Bereich. Weshalb, wird dem jungen Mann erst klar, nachdem er ausgestiegen ist und sich ein wenig umgesehen hat. Die Fischerboote sind soeben eingetroffen, und die Einkäufer der verschiedenen Restaurants, denen die Kleinlaster gehören, können es nicht erwarten, sich die besten Stücke der fangfrischen Ware zu sichern.

Im Gegensatz zu den chaotisch abgestellten Autos präsentieren sich die Fischerboote gewissenhaft nebeneinander vertäut, und begleitet vom dumpfen Klopfen der hölzernen Planken, die immer wieder den Steg berühren, verwandeln sich die Seeleute in Händler.

Obwohl zum ersten Mal Zeuge einer derartigen Metamorphose, bildet sich der junge Mann ein, mitzubekommen, wie es diejenigen, die auf See das Kommando innehaben, im Hafen in den hinteren Bereich ihrer Boote zieht. Es ist, als wollten sie mit dem, was da aus dem Landesinneren auf sie zuströmt, so wenig wie möglich zu schaffen haben. Wer eben noch die Netze geflickt und das Deck geschrubbt hat, übernimmt jetzt das Verkaufsgespräch. Die ganze Zeit über bewegt sich die Glut unzähliger Zigaretten in unzähligen Mundwinkeln wie ein Meer von Funktionslichtern auf einem im Dämmerlicht der Brandung schwankenden Armaturenbrett. Was da kurzfristig stärker und dann wieder schwächer leuchtet, liefert die Energie hinter verschiedenen, dem jungen Mann völlig unbekannten Begriffen. Putzige Dampfschiffe vergangener Tage fallen ihm ein, antiquiert wie im Grunde auch diese Fischer. Er denkt an die heiteren Fontänen der Wale, damals, als weder diese Tiere noch diejenigen, die sie gejagt haben, vom Aussterben bedroht waren. Mit einem Mal bekommen die leuchtenden Punkte in den Mundwinkeln der Seeleute etwas geradezu Sentimentales – in ihren Bann zu geraten, fällt nicht schwer. Der junge Mann fixiert einen von ihnen, dann einen zweiten, und folgt diesem auf seinem Kurs zwischen Angebot und Nachfrage.

Ob die Fischer ihn für den Einkäufer eines Restaurants halten? Wahrscheinlich unterscheidet sich in ihren Augen eine Landratte nur unwesentlich von der anderen. Ein Händler auf einem der Boote bietet ihm einen Fisch an, aber der ist so hässlich, dass der junge Mann seinen Blick abwendet. Es folgt ein Hummer, dessen verzweifelt ins Leere schnappende Scheren geloben, bis zum letzten Atemzug ums Überleben zu kämpfen. Gerührt schüttelt der junge Mann seinen Kopf. Schließlich wird ihm das Knäuel eines Tintenfisches gezeigt, der wenigstens friedlich entschlafen zu sein scheint. Das weitaus kooperativste Tier, denkt sich der junge Mann, und der Fischer, der das seinem Gesicht abzulesen scheint, hebt die andere Hand und streckt zweimal hintereinander alle fünf Finger aus, als übermittle er einen Abschiedsgruß des Meeresbewohners. *Nein*, entgegnet der junge Mann mit Nachdruck.

Kurz darauf steht er mit einem weißen Plastiksack, in dem sich ein schwabbeliger Leichnam befindet, auf dem altmodisch gepflasterten Pier, von dem aus sich mehrere Landungsstege wie hölzerne Finger dem Horizont entgegenstrecken. Auch wenn er den Sack gegen den anbrechenden Tag hält, erkennt der junge Mann nicht mehr als die Umrisse des jeden Kubikzentimeter ausfüllenden Kadavers. Der Sack sieht aus wie vollgefüllt mit Tintenfisch.

Das Tier ist ebenso unvorhergesehen in seine Hände geraten wie zuvor in die Maschen eines Fischernetzes. Der junge Mann hat allerdings gar nicht vorgehabt, etwas zu erwerben. Der Fischhändler hat es darauf angelegt, ihn falsch zu verstehen. Es scheint ihm nur darum gegangen zu sein, seine Ware anzubringen. Was die Gastgeberin des jungen Mannes wohl dazu sagen würde? Wahrscheinlich würde sie sich fragen, wie um alles in der Welt ein junger Mann wie er in den Besitz einer solchen Delikatesse, deren Weg normalerweise direkt aus dem Fischernetz in den Kochtopf eines Feinschmeckerlokals führt, habe kommen können. Eigentlich schade, dass sie ihn jetzt, hier auf der Mole stehend, nicht sehen kann. Zwischen den altmodischen Pflastersteinen haben sich Unmengen von Fischinnereien, Teile von Krustentieren und Zigarettenstummel angesammelt. Der junge Mann könnte behaupten, angesichts der einnehmenden Atmosphäre und eines kulinarischen Angebots, wie er es bisher noch nie gesehen hat, schwach geworden zu sein. Den toten Tintenfisch auf seiner Tour mitzuschleppen, hält er für keine so gute Idee. Er wird zusehen müssen, ihn unterwegs irgendwo loszuwerden.

Als die *Prélude* ablegt und zu einer Rundfahrt durch die alte Hafenanlage aufbricht, hat der junge Mann den Eindruck, der einzige Passagier an Bord zu sein. Kein Wunder, sagt er sich: Es ist noch früh am Tag, das Wetter ist unfreundlich, und die Hafenrundfahrt soll – so hat sich seine Gastgeberin ausgedrückt – nicht unbedingt das geeignete Setting für unvergessliche Selfies bieten.

Den Plastiksack mit dem Tintenfisch hat er, unmittelbar nachdem er an Bord gegangen ist, an einem der Karabiner, in denen die Rettungsringe an der Reling hängen, befestigt und sich, erleichtert, das tote Tier auf stilvolle Weise angebracht zu haben, ein paar Meter davon entfernt, auf eine der für Passagiere vorgesehenen Metallbänke gesetzt. Als habe seine Aufgabe darin bestanden, den Plastiksack möglichst unauffällig auf das Schiff zu bringen und dort sich selbst zu überlassen.

In der Folge kann sich der junge Mann allerdings des Gedankens nicht erwehren, dass es reichlich absurd anmutet, ausgerechnet mit der Leiche eines Tintenfisches an einem Rettungsring in einem Hafen herumzuschippern. Ob es früher einmal auf einem Rundfahrtschiff wie der Prélude eine Kombüse gegeben hat, in der man sich über eine kulinarische Spende in Form eines solchen Tieres gefreut hätte? Kurz darauf empfindet der junge Mann das Bedürfnis, den Inhalt des Plastiksacks über Bord gehen zu lassen, eine innere Stimme sagt ihm jedoch, dass er damit den Fluch sämtlicher Fischer sowie Küchenchefs der Region auf sich ziehen würde. Schließlich hätte das Tier in diesem Fall ohne jeden Grund sterben müssen.

Die Rundfahrt bietet tatsächlich nicht viel Sehenswertes. Das Schiff gondelt Kanäle entlang, die allem Anschein nach angelegt wurden, als die Hafenanlage noch florierte. Übrig geblieben sind Speicher, die vor Leere gähnen, Kräne, die aufgehört haben, sich nach besseren Zeiten umzusehen und ein Trockendock, bei dessen Anblick dem jungen Mann das Gerippe eines gigantischen Meeresbewohners einfällt. An Bord der Prélude ist inzwischen ein Junge vor das an der Reling befestigte Bündel mit dem toten Tintenfisch getreten und betrachtet es mit knabenhafter Neugier. Der junge Mann sagt sich: Sollte das Kind einen Schreck bekommen, sobald es merkt, dass sich eine Leiche darin befindet, wird er einfach so tun, als gehöre der Plastiksack jemand anderem. Vielleicht ergibt sich daraus sogar eine Gelegenheit, als Retter aufzutreten und das lästige Tier mehr oder weniger in Notwehr, immerhin jedoch zum Schutz eines Kindes ins Wasser zu werfen. Der junge Mann könnte behaupten, ihm sei gar keine andere Wahl geblieben. Und außerdem: Wer, abgesehen von ihm selbst, sollte sich denn darüber beschweren – von dem Fluch der Fischer und Küchenchefs einmal abgesehen?

Noch ehe der junge Mann ausreichend Gelegenheit gehabt hat, abzuwägen, ob er sich nicht doch als jemand zu erkennen geben sollte, der weiß, dass von einem Tierkadaver in einem Plastiksack keinerlei Gefahr ausgeht, ist eine Frau hinter das Kind getreten und hat ihre Hände auf seine Schultern gelegt. Sie will damit versichern, dass sie, was immer auch geschehen möge, hinter ihm stehen werde.

Zunächst wundert sich der junge Mann darüber, dass ein totes Meerestier – noch dazu auf einem Schiff, das in einem Fischerhafen abgelegt hat – ihre Aufmerksamkeit erregt. Ein Blick über die Reling ruft ihm allerdings in Erinnerung, dass es an Land außer Leere und Beschäftigungslosigkeit kaum etwas zu sehen gibt, und mitten in diese betrübliche Erkenntnis ertönt – ebenso unerwartet wie unpassend – plötzlich ein Kichern. Als hätte jemand einen Eimer Heiterkeit über den Planken an Deck ausgeleert. Erst sickert es stellenweise durch den stotternden Lärm des Schiffsantriebs, dann schwillt es an und ergießt sich schließlich – nunmehr das Gelächter von mindestens Zweien – über die gesamte Situation.

Das Kichern rührt von dem Kind und seiner Mutter. Sie stehen vor dem Plastikbeutel und verhalten sich, als biete er einen ulkigen Anblick. Der junge Mann kann nicht begreifen, was, um alles in der Welt, an einer toten Kreatur ulkig sein sollte. Erst als ihm etwas auffällt, das eigentlich gar nicht passieren dürfte, wird ihm klar, was die Mutter und ihren Sohn dermaßen amüsiert. Es hat mit dem toten Tintenfisch zu tun, denn es ragt aus dem Plastiksack, der doch von nichts anderem als diesem Tier und seinem Tod ausgefüllt werden sollte.

Was der junge Mann sieht, ist ein Tintenfischarm, der einigermaßen zögerlich in der Welt *da draußen*, in der

Welt außerhalb seines Plastiksacks herumstochert. Wie ein Mensch – ein junger Mann zum Beispiel, denkt der junge Mann –, der, am Ufer stehend, eine seiner Zehenspitzen in den Ozean hält.

Ungeachtet des Umstands, dass so etwas nicht vorgesehen gewesen ist, bewegt sich dieser Arm – *Fangarm,* wie die zoologische Bezeichnung lauten dürfte – wie eine, soviel steht für den jungen Mann fest, alles andere als tote, wie eine im äußersten Fall unter Hypnose stehende Schlange. Ein Anlass zum Kichern ist das seiner Auffassung nach dennoch nicht unbedingt.

Ein derartiges Lebenszeichen aus den Untiefen eines Plastiksacks, noch dazu von einem Tintenfisch, den er sich überhaupt nur in der Annahme, er sei leblos, hat andrehen lassen, erscheint dem jungen Mann unwirklich. Nach einer vorübergehenden Sprachlosigkeit kommt er zu der Erkenntnis, in dem Plastiksack müsse sich die ganze Zeit über etwas Lebendiges befunden haben – höchstwahrscheinlich an einem der Saugnäpfe des Tintenfischarms haftend. Die erst mit der geschmeidigen Eleganz einer Schlange assoziierte, jetzt wieder reichlich komisch im Nichts herumtorkelnde Gliedmaße kommt dem jungen Mann beinahe so absurd vor, wie es ihm bereits absurd vorgekommen ist, dass eine solche, seiner Vorstellung nach tote Kreatur in den Besitz eines jungen Mannes, wie er einer ist, gelangen konnte und in seiner Begleitung eine Hafenrundfahrt angetreten hat. Andererseits passt – und das liegt wohl ebenfalls am Absurden – das Gekicher des Kindes und seiner Mutter gut zu der aus dem Plastiksack ragenden Tintenfischgliedmaße. Wie Kichern zum Fehlen der richtigen Worte passt oder aber zu einer liebenswerten Attraktion im Programm eines Wanderzirkus.

Kichernd macht die Frau, mag sein von einem mütterlichen Instinkt dazu veranlasst, ein paar Schritte rückwärts und zieht ihr Kind, auf dessen Schultern ihre Hände immer noch ruhen, mit sich. Ihr Rückzug erfolgt jedoch nicht unbedingt aus den gleichen, durchaus nachvollziehbaren Motiven, die den jungen Mann sprachlos haben werden lassen. Allem Anschein nach begegnen in der Mutter und ihrem Kind einander so Widersprüchliches wie übertriebene Ängstlichkeit und immense Belustigung. Der Knabe hat das mit der Angst offenbar als Erster verdaut. Er möchte den Tintenfisch berühren. Was die Mutter betrifft, so kann sie sich nicht recht entscheiden, was für ein Verhalten sie in einer Situation wie dieser für angebracht halten soll. Einerseits besteht – allein aufgrund der Beispiellosigkeit – berechtigter Anlass, sich zu ängstigen, andererseits muss sie nach wie vor kichern. Schließlich aber entscheidet sich die Mutter für die Vorsicht und gegen das Amüsement. Gemeinsam mit ihrem aufgrund eines Rests an Ängstlichkeit nur verhalten protestierenden Kind wendet sie sich von dem gleichermaßen fröhlichen wie ein wenig ungehörigen Anblick ab. Erst als die beiden beim Überqueren des Aussichtsdecks an ihm vorbeigehen, schickt die Frau einen zweideutigen Blick in Richtung des jungen Mannes. Unverständnis prägt diesen Blick, er ist vorwurfsvoll, birgt aber auch einen unübersehbaren Anteil an Bewunderung. Der Knabe schaut hingegen sehnsüchtig zurück zu dem Plastikbündel, in dem etwas zum Leben erwacht zu sein scheint. Für das Kind sieht das wohl gar nicht nach einer Schlange aus, der Anblick dürfte es vielmehr an den Rüssel jenes jungen Elefanten erinnern, den es sich seit jeher zum Spielkameraden gewünscht hat.

Der Vorwurf der Frau und Mutter – in ihren Augen hat er gegen seine Aufsichtspflicht verstoßen – lastet auf dem jungen Mann. Ein davon ausgelöstes Schuldgefühl bildet ein Gegengewicht zu der vorangegangenen Erleichterung darüber, zumindest eine Zeit lang nichts mit dem Plastiksack zu tun gehabt zu haben. Bei einem aus einem Sack herausschauenden Fangarm scheint es sich jedoch um eine

Angelegenheit zu handeln, die er gefälligst unter Kontrolle zu halten habe. Ganz egal, ob die Kreatur, zu der dieser Arm gehört, überhaupt noch unter den Lebenden weilen sollte. Woher die Frau und Mutter bloß weiß, dass der Tintenfisch gemeinsam mit ihm an Bord gekommen ist? Außer dem jungen Mann befindet sich jedoch keine Menschenseele auf dem Aussichtsdeck des Rundfahrtschiffes.

Als die Prélude an ihren Ausgangspunkt zurückgekehrt ist, bringt es der junge Mann nicht übers Herz, den Plastiksack, in dem ein Tintenfisch zum Leben erwacht ist, an Bord zurückzulassen. Ihn an sich zu nehmen, kostet ihn allerdings ebenfalls eine Menge Überwindung. Anders als beim ersten Mal, als ihm das Tier im Grunde gegen seinen Willen ausgehändigt wurde, bekennt sich der junge Mann, indem er das Bündel von dem Karabiner herunternimmt, zu so etwas wie einer Verantwortung.

Im Inneren herrscht nach wie vor Bewegung. Der junge Mann kommt sich vor, als hantiere er mit einem Kessel, in dem es, wenn auch gemächlich, so doch brodelt. Erst einer, dann sogar ein zweiter Arm versuchen daraufhin seinen Oberschenkel zu umfassen, als hätte es der Tintenfisch darauf abgesehen, ihn aus Dankbarkeit zu sich in den Sack zu ziehen. Obwohl das beim Verlassen der Prélude für ein paar komische Blicke sorgt, bleibt dem jungen Mann nichts anderes übrig, als das, was er da mit sich trägt, möglichst weit von sich zu halten, so als gehe übler Geruch davon aus.

Als nächste Station steht das Museum für Heeresgeschichte auf seiner Liste. Die Gastgeberin des jungen Mannes hat von den skurrilen Dingen, die es dort zu sehen gibt – darunter angeblich der blutige Waffenrock eines Prinzen, der einem Attentat zum Opfer gefallen ist –, geradezu geschwärmt. Den Plastiksack mit dem Tintenfisch trägt der junge Mann mittlerweile verhältnismäßig unauffällig, sodass man glauben könnte, er beinhalte herkömmliche Einkäufe. Er hat herausgefunden, dass das Schaukeln, in das der Beutel, sobald er sich in Bewegung setzt, ganz von allein verfällt, den Tintenfisch schläfrig werden lässt. Es könnte sein, dass das Hin und Her das Tier an das Wogen des Ozeans erinnert, in dem es zu Hause ist. Die Schläfrigkeit dürfte es ihm überdies erträglicher machen, dass es sich nicht mehr in dessen Tiefen, zwischen Algen, Plankton und Korallen befindet, sondern in einer Art U-Boot, einer Kapsel aus stabilem, gleichzeitig aber auch nachgiebigem Plastik über Land getragen wird.

An der Bushaltestelle, die seine Gastgeberin ihm aufgeschrieben hat, angekommen, bleibt der junge Mann zwar stehen, bewegt seinen Arm indes weiterhin gleichmäßig hin und her, was, stellt er sich vor, aussehen muss, als handle es sich bei dem Plastiksack in seiner Hand um einen Weihrauchschwenker. Da außer ihm niemand wartet, wundert sich allerdings auch niemand darüber. Als der Bus schließlich in die Station einfährt, hat der junge Mann Bedenken, der Fahrer könnte sein Schwenken so auffassen, als wolle er ihm ein Zeichen geben, und um einer möglichen Konfrontation auszuweichen, steigt er am anderen Ende des Fahrzeugs ein. Dann begibt er sich in die obere der beiden Etagen. Der junge Mann möchte möglichst viel von der Aussicht, die sich den Fahrgästen von dort bietet, mitbekommen.

Da dieser Stadtteil nicht gerade als Anziehungspunkt für Touristen gilt, und die Einheimischen, die zumeist nur kurze Strecken zurückzulegen haben, auf das Stufensteigen verzichten können, sind die Plätze oben nur spärlich besetzt. Wie ein Kinosaal während einer Vormittagsvorstellung, fällt dem jungen Mann ein, und er steuert mit seinem Bündel einen Platz ganz vorne am Panoramafenster an.

Von hier aus lässt sich fast der gesamte Verlauf der Straße, die der Bus entlangfährt, einsehen. Es ist, als werde man als Fahrgast bereits im Voraus darüber informiert, was alles auf den Busfahrer zukommt. Statt der Auslagen der Geschäfte und der Eingangsbereiche der Häuser sieht man die oberhalb der Läden angebrachte Reklame und dazwischen immer wieder Fenster.

Der junge Mann hat sich nicht gemerkt, an welcher Station er den Bus wieder verlassen muss. Als er den Reißverschluss an seiner Jacke öffnet, um die Liste, die seine Gastgeberin für ihn angefertigt hat, herauszuholen, springt der schräg hinter ihm sitzende Fahrgast plötzlich auf und richtet in höchster Aufregung ein paar Worte an ihn. Der junge Mann versteht kein einziges davon, ihnen allen liegt jedoch die gleiche, mehr oder weniger unmissverständliche Empörung zugrunde.

Zunächst hat der junge Mann nicht die leiseste Ahnung, was er angestellt haben könnte, dann fällt sein Blick auf den Plastiksack mit dem Tintenfisch, den er, seit er am Panoramafenster Position bezogen hat, unter seinem Sitz hin und her hat baumeln lassen. Reflexartig hat er ihn an sich herangezogen, als der Fahrgast aufgesprungen ist und begonnen hat, auf ihn einzudringen. Kein Tintenfischarm, der herausschaut, obwohl das, denkt sich der junge Mann, unter den gegebenen Umständen vielleicht sogar einiges verständlich machen würde. Anscheinend ist der Fahrgast von etwas berührt worden, wobei es sich um den Plastiksack – die *harmlosere* Variante –, genauso gut aber um eine Gliedmaße des Tieres gehandelt haben könnte, was die eine oder andere Erklärung notwendig machen würde. Ansonsten läge – das wird dem jungen Mann allmählich klar – der Verdacht nahe, dass es seine Hand und damit also die Hand eines fremden jungen Mannes auf dem Oberdeck eines Busses gewesen ist, die den Fahrgast berührt hat.

Der junge Mann will diese Sache aufklären. Es geht ihm in erster Linie darum, den aufgebrachten Fahrgast zu beruhigen, weshalb er seine Hand hebt, alle fünf Finger ausstreckt – beinahe so wie der Fischer auf seinem Boot im Hafen, der ebenfalls einen Tintenfisch in der anderen Hand gehalten hat. Als nächstes präsentiert der junge Mann dem Fahrgast den Plastiksack, indem er ihn in die Höhe hält und eine Miene dazu macht, die nach allerhand Anstrengung aussehen soll. Was er damit ausdrücken will, ist Folgendes: Er habe sich da etwas aufgehalst, über das ihm vorläufig noch die vollständige Kontrolle fehle.

Abgesehen von der beschwichtigenden Geste, die er sich von dem Fischer ausgeborgt hat, erscheint dem jungen Mann sein eigener Erklärungsversuch allerdings nicht besonders aufschlussreich. Was er da tut, erinnert ihn eher an einen Scharfrichter, der der Menge den Kopf eines soeben von ihm enthaupteten Menschen präsentiert (und mimisch ausdrückt, dass es ihn einiges an Mühe gekostet hat, den Kopf halbwegs sauber vom Torso herunterzubekommen – wobei unklar bleibt, ob physisch oder moralisch, was in der Regel auf eine Mischung aus beidem hindeutet). Weiter gelangt der junge Mann bei seinem Erklärungsversuch nicht, wird ihm doch in diesem Moment von dem aufgebrachten Fahrgast eine saftige Ohrfeige verabreicht.

Der Ohrfeige gelingt, worum sich der junge Mann erfolglos bemüht hat. Die Situation kommt zunächst einmal zum Stillstand, sogar der Bus bleibt stehen, was allerdings am dichten Verkehr liegt, der sich durch das Panoramafenster bereits angekündigt hat.

Da sich in der oberen Etage, wie erwähnt, nicht gerade viele Fahrgäste befinden, meinen die wenigen, die anwesend sind, umso eher begriffen zu haben, was passiert ist. Sie teilen die Empörung des aufgesprungenen Fahrgastes, dem nichts anderes übrig geblieben zu sein scheint, als dem jungen Mann, der frech sein Bündel in die Höhe hält, eine Ohrfeige zu verpassen. Ein paar schütteln fassungslos ihre

Köpfe, andere wenden sich gespielt angeekelt ab. Soll das etwa heißen … er wird aber doch nicht etwa …?

Der junge Mann wiederum ist – und darin erkennt er eine weitere Eigentümlichkeit der Situation, in die er da geraten ist – überrascht, dass ihm bereits so kurz nachdem er von Bord der Prélude gegangen ist, nichts lieber wäre, als einem der Tintenfischarme dabei zuzuschauen, wie er aus dem Plastiksack herauslangt. Das würde nicht nur einer grotesken Verdächtigung ihn betreffend das Wasser abgraben, sondern sämtliche Anwesende, den sich aufplusternden Fahrgast inklusive, vor Schreck erstarren lassen. Anstatt ihn für jemanden zu halten, der in öffentlichen Verkehrsmitteln Fahrgäste belästigt, würden es eben dieselben Fahrgäste mit einem Mal kaum erwarten können, von ihm erläutert zu bekommen, ob er sich tatsächlich darauf verstehe, Ungeheuer aus der tiefsten Tiefe des Ozeans heraufzuholen, zu dressieren und sie, wann immer er Lust dazu habe, mit dem Bus spazieren zu führen. Einen komischen, einen ohnmächtigen Moment lang sieht sich der junge Mann Flöte spielen, und er sieht eine saugnapfbesetzte, meerwasserfeuchte Gliedmaße Arabesken ins Nichts zeichnen. Oder ist es doch eher die Kreatur, die ihm ihren Willen aufzwingt – muss sie hin und wieder einfach an die frische Luft, egal ob auf das Deck eines Rundfahrtschiffes oder vor das Panoramafenster eines Autobusses? Dass es dabei gelegentlich zu Zwischenfällen kommt, kann wohl als selbstverständlich betrachtet werden, gehört mit zur Show wie ein Clown schon mal jemanden in der ersten Reihe nassspritzt oder ein Löwe in Richtung eines Kindes pfaucht. Beides in erster Linie Beweise, dass man es mit der Wirklichkeit zu tun hat. Wem daran etwas nicht passt, behalte das besser für sich – schon seiner oder ihrer eigenen Unversehrtheit zuliebe.

Da der Tintenfisch jedoch ausgerechnet jetzt untertauchen musste – eingeschüchtert von der Empörung, die mittlerweile im oberen Stock des Busses herrscht, und nicht zuletzt von der damit einhergegangenen Gewalttätigkeit –, bleibt dem jungen Mann kaum etwas anderes übrig, als seinen Platz kommentarlos zu verlassen und bei der nächsten Station aus dem Bus zu steigen. Der Tintenfisch gibt, während der ganzen Zeit, in der der junge Mann das tut, nicht ein Lebenszeichen von sich. Er verhält sich geradezu so, als wäre er nicht da oder zumindest tot, wie sich das für einen Tintenfisch in einem Plastiksack in einem Bus eigentlich auch gehört. Der junge Mann versteht sich ja auch nicht wirklich darauf, Tiefseeungeheuer zu bändigen. Es gelingt ihm noch nicht einmal, jenes in dem Plastiksack, den er in der Hand hält, dazu zu bringen, sich blicken zu lassen, um seinen guten Ruf zu retten und ihnen beiden die Weiterfahrt zu ermöglichen.

Als der Bus aus der Station fährt, verabschiedet sich nicht nur der Busfahrer mit einem skeptischen Blick von dem jungen Mann – was daran liegen könnte, dass dieser wieder damit begonnen hat, den Plastiksack hin und her zu schwenken. Durch eines der Seitenfenster der oberen Etage blickt der Fahrgast, der ihm gerade erst eine Ohrfeige verabreicht hat, auf den jungen Mann hinunter. Er hat eine Hand erhoben, als wolle er zeigen, dass er damit zugeschlagen habe, und der junge Mann muss an eine dieser mystischen Figuren denken wie Kapitän Nemo oder Kapitän Ahab, deren irregeleiteter Weg sie schlussendlich ins Verderben führt.

*

Der Besuch des Museums für Heeresgeschichte ist in Begleitung von Tieren nicht gestattet. Der junge Mann fragt sich, ob das auch für Tiere gilt, von denen man, als man sie ausgehändigt bekommen hat, dachte, sie wären bereits ordnungsgemäß zu Tode gebracht worden. Aller Wahrscheinlichkeit nach wird ein totes Tier jedoch als Nahrungsmittel betrachtet, und gegessen werden darf in einem Museum ausschließlich in der dafür vorgesehenen Cafeteria.

Den Tintenfisch als Nahrungsmittel bezeichnet zu haben, tut dem jungen Mann leid. Das ist ihm im Moment der Enttäuschung darüber, dass er das Museum nicht wird besuchen können, so herausgerutscht. Aber steht das dem Tier denn etwa nicht bevor? Tatsächlich ist es nur eine absehbare Zeitspanne davon entfernt, sich vom Insassen eines Plastiksacks in ein Abendessen zu verwandeln. Eine Zeitspanne, auf die der junge Mann im Übrigen nicht unerheblichen Einfluss hat – je nachdem wie viele von den Sehenswürdigkeiten, die seine Gastgeberin ihm aufgelistet hat, er besuchen wird, was wiederum in einem Verhältnis dazu steht, welches Maß an Anerkennung er anstrebt.

Was, wenn er mit der Liste durch ist oder ganz einfach keine Lust mehr verspürt, noch mehr anzusehen? Genauso gut könnte sich der junge Mann aber auch fragen, was passieren wird, wenn er eines Tages am Ende jener Liste angelangt sein wird, die das Schicksal (so etwas wie sein *Gastgeber* hier auf Erden) für ihn angefertigt hat. Wenn er alles, was er sich in seinem Leben vorgenommen hat, entweder erledigt haben wird oder mit sich übereingekommen ist, darauf zu verzichten. Steht ihm dann etwas anderes bevor als dem Tintenfisch? Wird er schlussendlich nicht ebenfalls in einem Plastiksack landen? Wird er im Anschluss an ein hoffentlich möglichst abwechslungsreiches Leben mit einigem an Hin und Her, in dessen Verlauf er eine Menge gesehen haben wird, ohne es selbst ausgesucht und ohne es *wirklich* gesehen zu haben, etwa nicht seinen Lebensabend erreichen und eine absehbare Zeitspanne danach ein toter junger Mann sein? Der Unterschied besteht lediglich darin, dass der Tintenfisch keine Gelegenheit dazu bekommen

19

dürfte, ihn aufzuessen. Gibt dieser Unterschied dem jungen Mann tatsächlich mehr als nur den Anschein, das zivilisiertere Lebewesen zu sein?

In seiner Verwirrung beschließt der junge Mann aus Rücksicht auf den Tintenfisch, darauf zu verzichten, die Schausäle des Museums aufzusuchen und mit den Ausstellungsstücken vorliebzunehmen, die sich sonst noch auf dem Museumsareal befinden. Zur Auswahl stehen der *Panzergarten* und die *Kanonenhalle*.

Im Gegensatz zu den Panzern, die ohne erkennbare Ordnung auf einer nicht umzäunten Grasfläche verteilt sind, als hätte man sie ganz einfach dort, wo ihnen der Treibstoff ausgegangen ist, stehen gelassen, präsentieren sich die Kanonen wie eine Kompanie strammstehender Rekruten in einem präzis ausgerichteten Block. Ihre Rohre zeigen alle in die gleiche Richtung, als hätten sie zwar nicht unbedingt ein gemeinsames Ziel, wären sich jedoch darüber einig, aus welcher Richtung die Gefahr droht. Sollte der Begriff *Garten* auch bei einem Terrain, wie sie es besetzt halten, Anwendung finden, müsste wohl von einem *Beet* gesprochen werden.

Auf einer Informationstafel liest der junge Mann, dass die Sammlung des Museums für Heeresgeschichte früher einmal deutlich mehr Kanonen besessen hat. Eine stattliche Zahl davon wurde im Laufe der Jahre eingeschmolzen. Allerdings nicht, wie der junge Mann sich ausmalt, um einer Welt ohne Waffen ein Stückchen näher zu kommen, sondern einfach nur um andere, *jüngere* Kanonen zu produzieren. Kanonen mit größerer Reichweite, stärkerer Feuerkraft und längerer Lebensdauer – und denjenigen mit der längsten wird offenbar die Ehre zuteil, dem Museum als Ausstellungsstücke zu dienen.

In einem bestimmten Stadium des Eingeschmolzen-Werdens, stellt sich der junge Mann vor, dürften die Kanonenrohre ausgesehen haben wie die Arme eines Tintenfisches. Er fragt sich, weshalb seine Gedanken immer wieder zu dem Tier zurückkehren, aber ausgerechnet in diesem Moment kreuzt er den Weg, den er bereits zurückgelegt hat, und stellt fest, dass er eine feuchte Spur hinterlässt. Der Plastiksack, in dem der Tintenfisch schläft, muss eine undichte Stelle haben. Dank einer Schlangenlinie, die auf das Hin- und Herschaukeln zurückgeht, lässt sich genau nachvollziehen, wo überall er schon herumgetragen worden ist. In dem jungen Mann lässt das mehrere Gedanken zusammenfließen. Soweit es ihn angeht, handelt es sich um eine Verunreinigung des Museumsareals. Einige der Kanonenrohre täten in diesem Augenblick nichts lieber, als sich auf ihn zu richten. Wie würde der junge Mann jetzt bloß dastehen, hätte man ihn in die Schausäle vorgelassen? Würde demnächst seine Jacke blutüberströmt in einer Vitrine liegen, um das Einschussloch einer Kugel aus einem Kanonenrohr, das über eine überdurchschnittliche Lebensdauer verfügt, zu präsentieren? Falls ja, dann jedoch, ohne dass in Reiseführern eigens darauf hingewiesen würde.

Soweit es den Tintenfisch betrifft, macht sich der junge Mann Sorgen, dass er womöglich austrocknet, sobald die gesamte Flüssigkeit aus dem Plastiksack ausgeronnen sein wird. Der entspannte Schlaf, in den seine gleichmäßigen Handbewegungen das Tier befördert haben, würde dann, nach außen hin unbemerkt, in eine sanfte Ruhe, in einen ewigen Frieden übergehen. Einen Moment lang fragt sich der junge Mann, ob das nicht ein verhältnismäßig angenehmes, ein geradezu *zivilisiertes* Ende wäre. Und doch empfindet er das dringende Bedürfnis, es dem Tintenfisch, der wohl nichts dafür kann, dass seine Unterbringung leckt, zu ersparen, auf diese Weise das Zeitliche zu segnen. Allein schon, weil seine Gastgeberin deutlich weniger beeindruckt wäre, würde er mit einem toten Tintenfisch zu ihr zurückkehren. Angenommen, sie würde ihm glauben, dass das Tier noch am Leben gewesen wäre, als er es ausgehändigt bekommen hat, würde das doch nichts anderes bedeuten, als dass es in seiner Obhut nicht lange überlebt hätte. Dass die beiden zuvor noch eine Zeit lang zusammen unterwegs gewesen wären, ließe sich dem Tierkadaver schließlich nicht ansehen. Am ehesten befände sich etwas davon im Aroma des zubereiteten Tintenfischfleisches, vorausgesetzt seine Zubereitung würde sich auf ein paar behutsame Eingriffe beschränken und ausschließlich naturbelassene Zutaten verwendet werden, woran der junge Mann, so wie er seine Gastgeberin einschätzt, keine Sekunde lang zweifelt. So wie er es jedoch nicht über sich bringen würde, auch nur einen Bissen davon in den Mund zu nehmen, bliebe alles, was mit diesen Ereignissen zusammenhängt, in den Augen seiner Gastgeberin ein Gerücht, eine hübsche Geschichte – mehr nicht.

Selbst wenn die Gastgeberin des jungen Mannes Gefallen an seiner Geschichte fände, würde sie deswegen nicht unbedingt annehmen, er habe einige der Sehenswürdigkeiten, die sie ihm empfohlen hat, tatsächlich in Begleitung eines wenn auch nur vorübergehend lebendigen Tintenfisches aufgesucht. Möglicherweise sei ihm das Tier von dem Fischer in lebendigem Zustand gezeigt worden. Etwa, um zu garantieren, dass es sich um fangfrische Ware handle. Der Einschätzung seiner Gastgeberin zufolge hätte der Fischer den Tintenfisch allerdings, sobald er verkauft war, mit einer routinierten, einer für diejenigen, die sich mit der Fischerei nicht auskennen, kaum wahrnehmbaren Handbewegung an einer der Bootsplanken erschlagen und erst danach in den Plastiksack gesteckt. Ein solcher Gedanke versetzt dem jungen Mann einen Schock. Er will den Tintenfisch jetzt unter allen Umständen retten. Allein schon um zu beweisen, dass es lächerlich ist, zu glauben, er selbst hätte von einer derart abscheulichen Tötung nichts bemerkt. Wen die Schuld an der undichten Verpackung trifft, spielt vorerst keine Rolle, die Verantwortung dafür liegt, davon ist der junge Mann überzeugt, bei niemand anderem als ihm, dem Besitzer des Tieres.

Um den Tintenfisch am Leben zu erhalten, ist es notwendig, eine neue, vor allen Dingen aber eine unversehrte Unterbringung für ihn aufzutreiben. Im Freiluftareal des Museums für Heeresgeschichte gibt es allerdings nur einen (Rest-)Bestand an Panzern und Kanonen sowie ein paar Abfalleimer, von denen jeder einzelne an einer massiven Eisenstange festgemacht ist. Weit und breit ist niemand zu sehen, den der junge Mann um Hilfe bitten könnte. Weder jemand mit einem Auto, das mit einem Verbandskasten ausgestattet sein müsste, noch jemand mit einem Fahrrad, der Flickzeug für Reifen dabeihaben könnte. Gar nicht zu reden von einem Menschen mit Erfahrung auf See. So jemand könnte dem jungen Mann mit Sicherheit erklären, welche Maßnahmen es im Fall eines Lecks zu ergreifen gelte. Aber mittlerweile befindet er sich mitsamt dem Tintenfisch ja auch schon eine Busfahrt weit vom Hafen entfernt, und dem jungen Mann bleibt kaum etwas anderes übrig, als das Hauptgebäude des Museums zu betreten und sich dort nach etwas Brauchbarem umzusehen.

Unmittelbar nachdem er sich dazu entschlossen hat, ergibt sich alles Weitere wie von selbst. Es ist beinahe so, als hätte, da dem jungen Mann das Denken gerade alles andere als leichtfällt, die von ihm getroffene Entscheidung das Kommando übernommen. Zunächst bückt er sich und hebt ein am Boden liegendes Blatt auf. Als seine Finger es berühren, glaubt der junge Mann zu wissen, dass es von einer Linde stammt. Dabei kennt er sich mit Bäumen und ihren Blättern noch weniger aus als mit Fischen, geschweige denn mit dem, was sonst noch so über den Meeresboden kreucht und fleucht – es ist einfach so ein Gefühl. Als diktiere ihm die von niemand anderem als ihm getroffene Entscheidung: *Lies eines dieser Lindenblätter auf.*

Nachdem der junge Mann das Blatt aufgehoben hat, presst er es an die Stelle, wo Flüssigkeit aus dem Plastiksack dringt, und nähert sich ruhigen Schrittes, allerdings ohne zu trödeln, dem Haupteingang des Museums.

Unter dem Schutz einer Entscheidung, bei der es sich – da besteht für ihn kein Zweifel – um die richtige handelt, fühlt sich der junge Mann auf diesem Weg von keinerlei besorgter Frage, wie etwa, wonach er in dem Museum eigentlich Ausschau halten soll, getrieben. Er überlässt sich voll und ganz einer ihm bislang unbekannten Form der Begegnung. Die Finger an jener Hand, mit der er das Lindenblatt an die undichte Stelle drückt, kommen durch das Plastik hindurch zum ersten Mal mit dem Körper des Tieres, das sich in dem Sack befindet, in Berührung.

Für den jungen Mann handelt es sich dabei um eine *erste* Berührung. Nicht nur die erste eines Tintenfisches, den er nun schon eine ganze Weile mit sich herumträgt, sondern um eine erste Berührung in dem Sinn, als sich das, was er da berührt, mit nichts, was er je zuvor berührt hat, vergleichen lässt. Seine Hand liegt auf einer Weichheit, einer Verletzlichkeit. Beides fühlt sich wie ein inneres Organ an, von denen er schon welche berührt hat – seine eigenen zum Beispiel. Gleichzeitig ist aber auch eine Biegsamkeit zu spüren, eine Elastizität, der, zugunsten totaler Anpassungsfähigkeit, vorübergehend die Möglichkeit genommen wurde, sich ihrem eigenen Wunsch gemäß zu entfalten. Ein Vorhandensein als Masse, ein Am-Leben-Sein in einer vergleichbar anpassungsfähigen Umgebung, eine Charaktereigenschaft, eine Rätselhaftigkeit. All das berührt der junge Mann mit seiner Hand auf dem Weg zu dem Museumsgebäude.

Nachdem er das Foyer des Museums für Heeresgeschichte betreten hat, lässt der junge Mann zunächst seinen

Blick die Runde machen. Er ist ganz ruhig, als sei etwas von der Apathie der sterbenden Kreatur durch seine Hand, die auf dem Plastiksack liegt, um die Flüssigkeit daran zu hindern auszutreten, in ihn gedrungen, wie umgekehrt, so seine Hoffnung, seine Finger etwas von seiner Lebendigkeit ins Innere der Verpackung übertragen. Der junge Mann handelt nicht aus den gleichen Motiven wie die übrigen Besucher und Besucherinnen oder die Angestellten des Museums. Er weiß nicht, was er als Nächstes tun wird, aber er weiß, dass es einen Plan gibt, der sich ihm Schritt für Schritt offenbart.

Neben dem Ticketschalter befindet sich ein Verkaufsstand, an dem die Sammlungskataloge des Museums erhältlich sind. Der junge Mann beobachtet, wie sich eine Besucherin ein Exemplar aushändigen lässt. Der Verkäufer überreicht es ihr in einem Plastiksack – nicht wesentlich anders als die Fischer, die am Hafen Tintenfische verkaufen. Anders ist nur, dass die Plastiksäcke hier durchsichtig sind und den Schriftzug des Museums tragen. Einen weiteren Hinweis benötigt der junge Mann nicht.

Mit einer ihn selbst verblüffenden Gelassenheit tritt er an den Verkaufsstand, der aussieht wie ein Rednerpult, und lässt sich einen Katalog aushändigen. Die Fähigkeit, eine solche Gelassenheit vorzutäuschen, dürfte der junge Mann dem Lindenblatt verdanken. Während er seine Brieftasche herausholt und bezahlt, hält er den Plastiksack mit dem Tintenfisch zwischen seinen beiden aneinandergepressten Knien. Die ganze Zeit über, die diese Transaktion in Anspruch nimmt, muss der junge Mann daran denken, dass sich dort, wo er steht, eine Pfütze bilden dürfte, sodass es nachher so aussehen wird, als habe er, während er einen Katalog erworben hat, seine Blase entleert. Die mit einer solchen Befürchtung verbundene Verunsicherung ist in dem Moment verschwunden, in dem die Hand des jungen Mannes wieder auf dem Plastik liegt und er erneut die Weichheit des Tintenfischkörpers zu spüren bekommt.

Den Plastiksack, in dem sich der Tintenfisch befindet, mit beiden Händen umklammernd wie eine heikle Fracht, den mit dem Katalog lässig um seinen Zeigefinger gewickelt, verabschiedet sich der junge Mann von dem Katalogverkäufer, indem er ihn herausfordernd anblickt. Etwas in ihm wünscht sich geradezu, gefragt zu werden, was er denn da bloß mit sich herumtrage. Der junge Mann wünscht sich das, obwohl er keine Ahnung hat, was er darauf antworten sollte, aber vielleicht ist dafür ebenfalls das Blatt verantwortlich. Möglicherweise lässt es ihn übermütig werden, ist er doch gerade dabei, sich mit allerhand Raffinement aus der Affäre zu ziehen.

Danach befragt, weshalb er sich ausgerechnet an dem Verkaufsstand entleert habe, anstatt die dafür vorgesehene Örtlichkeit aufzusuchen, würde der junge Mann erwidern, dass er sich ohnedies auf dem Weg zu den Toiletten befände. *Um alles wieder in Ordnung zu bringen*, könnten seine für Verwunderung sorgenden Worte lauten, und tatsächlich steuert er, als wäre das die ganze Zeit über abgesprochen gewesen, auf die Toiletten zu. Würde ihn jemand dabei beobachten, denkt der junge Mann, müsste derjenige den Eindruck gewinnen, hier werde ein ausgeklügelter Plan ausgeführt, eine Abfolge von Handlungen, die im Vorfeld bis ins Detail einstudiert worden sind. Dabei ist das gar nicht der Fall. Zum Beispiel hat der junge Mann bis gerade eben nicht einmal gewusst, wo sich in diesem Museum die Toiletten befinden. Dessen ungeachtet bewegt er sich jetzt wie selbstverständlich auf sie zu – sind die Toiletten doch, nicht anders als der Ausgang, die Garderoben und der Treppenaufgang zu den Schausälen, kaum zu übersehen.

Der junge Mann hat etwas vor, worauf wohl niemand in diesem Museum kommen würde. Er sucht eine Toilette auf, um einen Tintenfisch mitsamt dem ihn umgebende Plastiksack in den brandneuen, unversehrten, den ihm dei Verkäufer gemeinsam mit dem Katalog überlassen hat, umzusiedeln. Darüber hinaus plant er, die Flüssigkeit ein wenig aufzufüllen, um auszugleichen, was davon zwischen den Kanonen verlorengegangen ist.

Sollte jemand von ihm wissen wollen, was er vorhabe, würde der junge Mann, als wäre das die normalste Sache der Welt, antworten, sein Beförderungsmittel weise ein Loch auf, und dazu die beiden ineinandersteckenden Plastiksäcke, den vom Hafen in dem von dem Museum, hochhalten wie angesichts des aufgebrachten Fahrgastes, als es sich noch um einen einzigen, wie sich herausstellen sollte, unerwartet verletzlichen Plastiksack gehandelt hat.

Der zusätzliche Schutzmantel, noch dazu versehen mit dem Schriftzug des Museums für Heeresgeschichte, würde den jungen Mann eine solche Geste entschlossener ausführen lassen als bei seiner Konfrontation im ersten Stock des Autobusses, bei der er unvorbereitet war und beeinflusst von der Annahme, er müsse sich verteidigen, agiert hat. Dass, wer immer eine solche Aussage gekoppelt mit dieser Geste als Antwort von ihm erhält, kaum etwas damit würde anfangen können, wäre dem jungen Mann, auch das anders als noch während der Busfahrt, völlig egal. Dass wer auch immer geradezu annehmen müsste, er würde mit *Beförderungsmittel* etwas meinen, das seinem eigenen Weiterkommen dient, ebenso. Das ist es, was der junge Mann empfindet, jetzt, da er aktiv geworden ist, da er Hand angelegt hat, da er sich nicht mehr in der Nähe des Fischerhafens befindet, weshalb wohl auch niemand darauf tippen dürfte, dass sich hinter dem Plastik und dem Schriftzug des Museums ein Tintenfisch von einem Zwischenfall erholt, der um ein Haar schiefgegangen wäre. Im Grunde, sagt sich der junge Mann, kommt das Tier in diesem Augenblick zum dritten Mal zur Welt.

Den Katalog des Museums klemmt sich der junge Mann, während er den Tintenfisch übersiedelt, unter den Arm, und als er die Toilette wieder verlässt, kommt ihm der amüsante Gedanke, Besucher und Besucherinnen, die gerade die Treppe herunterkommen, könnten bei seinem Anblick die Vermutung anstellen, er habe sich einen Rundgang durch die Schausäle des Museums erspart und stattdessen, in aller Ruhe auf dem Klo sitzend, die Publikation, in der sich die wesentlichen Exponate abgebildet finden – darunter auch die blutige Jacke eines Prinzen –, durchgeblättert.

Höchste Zeit, diesen Ort zu verlassen. Selbstbewusst genug, um eine Konfrontation bezüglich der mysteriösen Pfütze beim Verkaufspult zu riskieren, fühlt sich der junge Mann dann doch wieder nicht. Auf dem Weg von den Toiletten Richtung Ausgang hat er einen Moment lang sogar den Eindruck, erneut von jener Unruhe angetrieben zu werden, von der er gehofft hat, er sei sie bei den Kanonen ein für alle Mal losgeworden. Stattdessen scheint die Gelassenheit, in deren Obhut er sich, seit seine Hand durch das Plastik hindurch mit dem Tintenfisch in Berührung gekommen ist, nahezu unverwundbar gefühlt hat, auf der Toilette geblieben zu sein. Dem jungen Mann fällt ein, dass er das Lindenblatt, im Glauben, er habe, da er über einen unversehrten Plastiksack verfügt, keine Verwendung mehr dafür, am Waschbeckenrand hat liegen lassen.

Den Katalog des Museums für Heeresgeschichte deponiert der junge Mann in einem der Abfalleimer zwischen dem Hauptgebäude, der Kanonenhalle und dem Panzergarten, und dieser Akt vermittelt ihm das Gefühl, zumindest symbolisch etwas dazu beigetragen zu haben, dass es auf dieser Welt – einer Welt, deren Licht der Tintenfisch gerade zum dritten Mal erblickt hat – eines Tages keine Waffen mehr geben wird. Gleich darauf fragt er sich allerdings, ob es eine

gute Idee war, den Katalog ausgerechnet auf museumseige-
nem Areal zu entsorgen. Er hätte ihn zuvor wenigstens in
Stücke reißen können.

Mit dem funkelnagelneuen Plastiksack ist der junge Mann hingegen zufrieden. Zum einen ist da jetzt eine
zweite Wand, Haut oder Barriere zwischen ihm und dem
Tintenfisch – wodurch der Plastiksack vom Fischerhafen
zu einer Art ursprünglichem *Gehäuse* des Meeresbewohners
geworden ist –, zum anderen handelt es sich bei der Trag-
tasche aus dem Museum um so etwas wie eine, wenn auch
provisorische, so doch zumindest vorübergehende Unterkunft. Noch dazu eine, um die der junge Mann sich eigen-
händig gekümmert hat. Er, ein einfacher junger Mann, eine
Landratte, hat dafür gesorgt, dass aus einer simplen Verpackung, wie sie der Konsum gelegentlich als Serviceleistung
zur Verfügung stellt, eine Behausung wird. Der junge Mann
muss an Obdachlose denken, die Einkaufswagen mitunter
zweckentfremden, indem sie ihren gesamten Besitz darin
mit sich herumführen. Bezeichnenderweise repräsentiert
praktisch nichts von dem, was sie besitzen, ein Wirtschafts-
denken wie jenes, aus dessen Fuhrpark ein solcher Wagen,
häufig gegen eine Münze als Pfand, ausgeborgt werden
kann. Aber der Tintenfisch hat schließlich auch nicht das
Geringste mit dem Schriftzug außen an dem Plastiksack
aus dem Museum für Heeresgeschichte – der junge Mann
lässt ihn sachte hin und her baumeln – zu tun.

Unser Heer steht oberhalb des Museumslogos, hinter
dem der Tintenfisch, von seinem Todeskampf geschwächt,
schläft, und der junge Mann fragt sich, ob Spezialisten für
Heeresgeschichte auf die Idee kommen könnten, aus dem
Meeresbewohner in einem Plastiksack *ihres* Museums so
etwas wie die Unterwasserflotte ihrer Armee zu machen.
Dazu müsste sich der Tintenfisch allerdings erst einmal
hergeben, anstatt Kriegsschiffe, ungeachtet der Flagge, un-

ter der sie in See gestochen sind, mit sich in die Tiefe zu ziehen, wie es, soweit sich der junge Mann erinnert, in der Literatur seiner Jugend über seinesgleichen geschrieben stand. Dabei kann es sich aber eigentlich nur um eher kleine Schiffe gehandelt haben. Nussschalen, Spielzeugschiffe vielleicht, Modellunterseeboote, die vom Ufer aus dirigiert werden. Auch in diesem Punkt würden er und der Tintenfisch recht gut zusammenpassen, befindet sich der junge Mann doch ohnedies lieber oberhalb des Wasserspiegels und am liebsten überhaupt an Land. Die Verbindung zwischen einem Unterseeboot und ihm bestünde also im Idealfall aus einer Fernbedienung – und einen Tintenfisch trägt er, wenn es denn sein muss, lieber in einem Plastiksack spazieren, als – umgekehrt – von ihm in die Tiefe gezogen zu werden.

Als der junge Mann das Areal des Museums für Heeresgeschichte verlässt, steht ihm der Sinn eigentlich danach, auf dem schnellsten Weg zu seiner Gastgeberin zurückzukehren. Eine triumphale Rückkehr als einer, der sich durch die Kleinigkeit, dass ihm jemand ein lebendiges Tier in die Hand gedrückt hat, nicht davon hat abbringen lassen, sämtliche Sehenswürdigkeiten zu besuchen, die zu besuchen ihm – und zwar von niemand anderem als von ihr, seiner Gastgeberin – empfohlen wurde, kann er sich in diesem Fall zwar abschminken, aber: Handelt es sich dabei um ein Image, das der junge Mann überhaupt zu Recht für sich beansprucht? Eine außerplanmäßige Rückkehr würde ihn als einen jungen Mann porträtieren, der, da er auf ein Tier im Zustand der Hilflosigkeit gestoßen ist, gar nicht anders konnte, als sich seiner anzunehmen, bis es wieder auf eigenen Beinen … bis es wieder kräftig genug wäre, um … Um was zu tun eigentlich? Hat sich der junge Mann, als er von Bord der Prélude gegangen ist, denn nicht noch als Version eines modernen Jägers und Sammlers gesehen, der von jedem seiner Streifzüge mit einer Trophäe zurückkehrt? Vom Fischerhafen mit einer Delikatesse, von einer Hafenrundfahrt mit der Anerkennung einer Passagierin, aus dem Bus mit den Folgen einer – bedenkt man die Umstände – irgendwie sogar nachvollziehbaren Handgreiflichkeit, aus dem Museum für Heeresgeschichte mit einem (brandneuen) Plastiksack und der Erkenntnis, dass eine Auflistung des Arsenals einer Armee gerade mal gut genug für den Müll ist.

Es ist sein Umgang mit dem Sammlungskatalog des Museums, der den jungen Mann auf die Frage bringt, ob es sich bei seinem Engagement für den Tintenfisch nicht nur um eine originelle Form von Mitbringsel für seine Gastgeberin handelt. Es wäre immerhin denkbar, dass er, dem ein Fischer aus heiterem Himmel einen lebenden Tintenfisch überreicht hat, sich damit bei ihr, die ihn losgeschickt hat, jene Sehenswürdigkeiten aufzusuchen, die die Allgemeinheit keines Blickes für würdig hält, mit einem solchen Leckerbissen revanchieren will. Der junge Mann meint, das amüsierte, um nicht zu sagen hysterische Gekreische seiner Gastgeberin, als sie feststellt, dass das Tier noch am Leben ist, beinahe schon zu hören.

An so etwas wie Revanche hat er allerdings – ganz ehrlich – nicht einen Moment lang gedacht. Eher an ein Weitergeben dessen, was er selbst erhalten hat. Vielleicht hat er vorübergehend den Wunsch verspürt, seine Gastgeberin daran teilhaben zu lassen, was ihm widerfahren ist – und dahinter verbirgt sich eben sowohl etwas Heiteres als auch etwas, das gut für eine hysterische Reaktion wäre. Es würde den jungen Mann einfach interessieren, was seiner Gastgeberin zu einem Tintenfisch in einem Plastiksack, auf dem *Unser Heer* steht, so alles einfällt.

Ob sie in einem ersten, von Verdutztheit geprägten Moment annehmen würde, er hätte sich das Tier im Museumsshop besorgt? Oder in der Cafeteria? Würde sie auf die Idee kommen, er habe vorgehabt, den Tintenfisch davor zu bewahren, zum Mittagsmenü verarbeitet zu werden? Oder würde sie darin gar ein Kompliment erkennen, dergestalt, dass es dem jungen Mann darum gegangen sei, die Verwandlung dieses Tintenfisches in eine Mahlzeit – worin nun mal das für ihn vorgesehene Schicksal besteht – zumindest aufgeschlosseneren Händen, Händen wie den ihren, anzuvertrauen? Händen, die jemandem gehören, der weiß, dass es gilt, auch dort hinzusehen, von wo die Allgemeinheit ihren Blick längst abgewendet hat.

Wie lange es wohl dauern würde, bis seine Gastgeberin herausgefunden hätte, was wirklich passiert ist? Dass nämlich er, ein simpler junger Mann aus dem Landesinneren, sich dieses Tier am Anfang seiner Tour in lebendigem Zustand hat aushändigen lassen – die Übergabe würde er möglicherweise ein wenig anders beschreiben, als sie sich tatsächlich zugetragen hat, mit seinen Worten, aus seiner Perspektive.

Früher oder später würde die Gastgeberin des jungen Mannes zu der Ansicht gelangen, dass er sich in der Sache mit dem Tintenfisch auf etwas eingelassen habe, das er nicht recht einschätzen konnte. Und das trifft ja auch zu, mag seine Entscheidung auch nicht *anfangs*, also am alten Hafen und erst recht nicht angesichts des Angebots eines Fischers gefallen sein, sondern inmitten einer Batterie parallel ausgerichteter (alter) Kanonen und angesichts eines Lecks in der Verpackung, besser gesagt: in der vorübergehenden *Unterkunft* des Tintenfisches. Als hätten, fällt dem jungen Mann jetzt ein, die Kanonen, die genau zu wissen schienen, woher die Gefahr droht, dem Lebensraum des Tintenfisches, zumindest dem, den die Menschen für einen wie ihn vorgesehen haben, diese Beschädigung zugefügt. Wie sie sie anno dazumal der Jacke eines Prinzen zugefügt haben, die angeblich irgendwo in den Schausälen des Museums aufgebahrt liegt.

Abgesehen von der Anerkennung, die er zu erwarten hätte, sofern er mit einem lebendigen Tintenfisch zurückkehrt, würde der Entschluss des jungen Mannes, ihn seiner Gastgeberin und damit *jemandem von hier* anzuvertrauen, bedeuten, dass er die bedauernswerte Kreatur im Grunde nur stellvertretend für sie übernommen habe. Anstatt einer Liste mit Sehenswürdigkeiten, die auf kein Interesse mehr stoßen, hätte es sich in diesem Fall um eine Einkaufsliste der etwas anderen Art gehandelt und bei dem Besuch des Fischerhafens um eine Form einzukaufen, wie sie heute nur noch von wenigen Menschen wahrgenommen wird. Der junge Mann hat mittlerweile sogar eine Ahnung davon, weshalb sich ihrer nicht mehr allzu viele bedienen.

Es wäre dann beinahe so, als hätte seine Gastgeberin ihn zum alten Hafen geschickt – hat sie das in gewisser Weise nicht auch? –, und zwar vielleicht nicht unbedingt in der Erwartung, immerhin aber in der berechtigten Hoffnung, dass dort ein solches Tier zum Angebot stehen und, wie sie *ihren* jungen Mann kenne, schon irgendwie in seinen Händen landen werde. Auch, dass er in der Folge alles darangesetzt habe, es unversehrt zu ihr nach Hause zu bringen, käme für sie nicht ganz so überraschend, wie sie es bei seiner Rückkehr aussehen lassen würde. Die Bewunderung, die seine Gastgeberin dem jungen Mann gegenüber empfände, wäre jedoch keineswegs gespielt. Sie wäre aufrichtig, wäre sie doch der Tatsache geschuldet, dass er *ihr* junger Mann sei – der, den sie kenne.

Was danach mit dem Tintenfisch geschehen würde, wäre nicht mehr seine Sache. Für ihn hieße es, sich wie ein Gast zu verhalten. Ein Gast im Hause seiner Gastgeberin und ein Gast dieser Stadt. Ein Gast, der auf die hiesigen Gebräuche Rücksicht nimmt.

*

Seit der junge Mann das Museumsareal verlassen hat, hat er das Gefühl, nicht alleine zu sein. Er führt das darauf zurück, dass aus dem Tintenfisch, indem er ihm das Leben gerettet hat, ein Weggefährte geworden ist. Um des Tieres willen hat er sogar darauf verzichtet, sich die blutüberströmte Jacke eines toten Prinzen anzusehen. Der durchsichtige Plastiksack des Museums über dem weißen, der vom Fischerhafen stammt, erweckt hingegen den Eindruck, der junge Mann habe den Tintenfisch, den ein Fischer aus den Tiefen *seines* Ozeans geholt und in unschuldiges Weiß gekleidet hat, in einen Überzieher, in eine Art Regenhaut gesteckt. Mit dem Unterschied, dass die zusätzliche Schicht dazu gedacht ist, das Ausrinnen der Flüssigkeit zu verhindern – vergleichbar einem Isolierband oder einem Kondom.

Vielleicht ist die Entscheidung, dass der Tintenfisch am Leben bleiben soll, aber auch gefallen, ohne das Einverständnis des jungen Mannes einzuholen. Ist das Tier etwa nicht in seinen Händen gelandet, ohne ihn um Erlaubnis gefragt zu haben? Womit er wieder bei der Frage angelangt wäre, ob er allen Ernstes einem Tintenfisch das Leben retten sollte, nur um ihn einem Kochtopf – egal ob dem seiner Gastgeberin, dem einer Cafeteria in einem Museum oder der Kombüse eines Rundfahrtschiffes – zu überantworten.

Der junge Mann kommt zu dem Schluss, dass seine Aufgabe darin besteht, den Tintenfisch wohlbehalten dorthin zu bringen, wo ihn der Fischer, der ihn aus dem Ozean geholt hat, haben möchte – und das ist nun mal die Küche seiner Gastgeberin. Natürlich kennt der Fischer die Gastgeberin des jungen Mannes nicht persönlich, es entspricht ganz einfach der jahrhundertealten Tradition des Fischereigewerbes, dass der Ertrag eines Fischzugs jemandem übergeben wird, der oder die etwas damit anzufangen weiß. Schließlich soll der Tod keines Tieres, ob nun durch Zerschmettern des

Kopfes an einer Bootsplanke oder im Rahmen seiner Zubereitung in einem Kochtopf, umsonst erfolgen.

Da der Fischer auf den ersten Blick erkannt hat, dass es sich bei dem jungen Mann nicht um den Einkäufer eines Restaurants handelt, sondern um jemanden, der noch nie in seinem Leben einen Tintenfisch, schon gar nicht einen lebendigen, in der Hand gehalten hat, hat er als erfahrener Seemann ganz automatisch auf eine weibliche Person getippt, die auf einen wie ihn irgendwo wartet.

Dem Tintenfisch ist es, so gesehen, vorherbestimmt, bei seiner Gastgeberin zu landen, und es ist nicht die Aufgabe des jungen Mannes, diesen Kreislauf – ein Fischer, der fischt und verkaufen möchte, was er gefischt hat, ein junger Mann, der die Chance bekommt, eine Stadt abseits der diversen Tipps in Reiseführern kennenzulernen, und eine Gastgeberin, die ihrerseits für jede Gelegenheit, sich beeindruckt zeigen zu können, dankbar ist – zu durchbrechen. Es ist nicht seine Aufgabe, denkt der junge Mann, sich des Tintenfisches zu entledigen, ohne dass jemand etwas davon bemerkt. Er hat nicht vor, das Tier zurück ins Meer zu werfen, wie ein Tierschützer es tun würde.

Für einen solchen haben Wirtschaftszweige wie der Handel mit Fischen und Meerestieren generell etwas Verwerfliches an sich. Wahrscheinlich hält ein Tierschützer auch nichts von einer Institution wie der Armee oder vom allgemeinen Wehrdienst. Der junge Mann ist nicht in diese Stadt gekommen, um hier alles auf den Kopf zu stellen. Wer sollte ihn mit der Autorität ausgestattet haben, dafür zu sorgen, dass der im Zuge einer redlichen Tätigkeit aus dem Ozean herausgeholte Tintenfisch dorthin zurückkehrt, wo er hergekommen ist? Käme das nicht dem Zurückgehenlassen einer Ware gleich? Aus welchem Grund eigentlich? Weil der Tintenfisch schadhaft ist? Weil er die Frechheit besitzt, noch am Leben zu sein?

Es stimmt zwar, dass der junge Mann den Tintenfisch nicht geordert hat, allerdings müsste er ihn, sollte das das Problem sein, dem Fischer zurückgeben. Das heißt, er hätte ihn eigentlich gar nicht erst von diesem annehmen dürfen. Oder hätte er ihn zurückbringen sollen, nachdem ihm an Bord der Prélude aufgefallen war, dass sich gemeinsam mit dem Tier noch Leben in dem Plastiksack befindet? Bleibt immer noch die Frage, mit welcher Begründung er so hätte handeln sollen? Damit der Fischer das Tier erst totschlage, ehe er, der junge Mann, bereit wäre, es anzunehmen? Etwa, weil es sich dort, wo er herkommt (und wohin er zurückzukehren gedenkt), nur bei toten Tieren um akzeptable Begleiter – egal, ob vom Markt nach Hause oder auf einer Besichtigungstour der etwas anderen Art – handelt?

Um eine solche Schlussfolgerung zurückzuweisen, muss ein junger Mann weder ein Tierschützer noch der Einkäufer eines Restaurants sein. Dafür genügt es, gegenüber gewissen Dingen die nötige Distanz zu wahren. Den Streitkräften gegenüber zum Beispiel, der Preispolitik eines Gourmettempels oder einem Tierschutz, der vor allem das Seelenheil des Schützers oder der Schützerin im Sinn hat und nicht unbedingt das eines Tintenfisches, der wiederum in der glücklichen Situation ist, so etwas wie eine Seele gar nicht erst zu benötigen.

Ein Tierschützer, dem es um mehr als sein eigenes Seelenheil geht, würde sich an niemand anderen als den Fischer wenden und ihn auffordern, keine weiteren Tintenfische mehr aus den Untiefen zu holen, um sie hier oben in Umlauf zu bringen. Im Grunde sind nämlich sämtliche Hände, in die diese Tiere geraten, die falschen, davon kann der junge Mann ein Lied singen.

Die erste Strophe dieses Liedes würde er seinen eigenen Händen widmen. Die übrigen Hände, die seiner Gastgeberin, die des Küchenchefs und des Tierschützers, könnten, solange die Reihe noch nicht an ihnen ist, rhythmisch klatschen. Seine eigenen Hände wäscht der junge Mann in Unschuld. Schließlich hat er nichts dafür getan, um diese Situation herbeizuführen. Er möchte sich einfach nur *richtig* verhalten.

In einer weiteren Strophe seines Liedes würde es um die Kochkünste seiner Gastgeberin gehen. Ein Fehler könnte ihr nur dann unterlaufen, würde sie sich – und zwar von niemand anderem als ihm, dem jungen Mann – aufgefordert fühlen, den Tintenfisch *richtig* zuzubereiten. Indem sie sich etwa zu der Behauptung hinreißen lassen würde, der Tintenfisch habe es verdient, nach allen Regeln der Kunst zubereitet zu werden. Zum Beispiel unter Berücksichtigung des einen oder anderen Tricks, den noch nicht einmal der Küchenchef eines Gourmettempels kenne, über den jedoch die Großmutter der Gastgeberin des jungen Mannes sehr wohl Bescheid gewusst habe. Als handle es sich dabei um eine Art Lohn dafür, dass das Tier den jungen Mann, ihren Gast, geduldig auf seiner Tour zu den mittlerweile außer Acht gelassenen Sehenswürdigkeiten dieser Stadt begleitet hat und die ganze Zeit über am Leben geblieben ist, anstatt vor Langeweile zu sterben.

Der Fischer, der sich im Sinne dessen, was er als seine Aufgabe begreift, ebenfalls *richtig* verhalten hat, käme in wieder einer anderen Strophe des Liedes des jungen Manns vor. Der Fischer teilt sich eine der Strophen mit dem Tierschützer. Der junge Mann ist überzeugt davon, dass weder die Fischerei noch der Tierschutz infrage gestellt werden sollten, sehr wohl jedoch die Seele, aus deren Maschen ein Netz geknüpft ist, das sowohl ausgeworfen wird, um *ein*zufangen, gleichzeitig aber auch, um *auf*zufangen – etwa, um einen harten Aufprall auf dem Boden der Realität zu vermeiden. Diese Strophe seines Liedes könnte außerdem noch die Erkenntnis beinhalten, dass es ganz schön schwierig ist, einen Fischer wie jenen, der ihm den Tintenfisch ausgehändigt hat, davon zu überzeugen, dass er seine Arbeit, die auf eine lange Tradition zurückblickt – hat der junge Mann sie nicht eben noch als *redlich* bezeichnet? –, aufzugeben und … ja, was denn nun eigentlich … zur Marine zu gehen? Seine Netze Hochseilakrobaten zur Verfügung zu stellen oder Konzernen, damit diese sie unterhalb der Fenster ihrer mehrere Stockwerke hohen Bürohäuser spannen, um Mitarbeiter und Mitarbeiterinnen mit verletzlichen Seelen, die hinausspringen wollen, weil sie es drinnen nicht mehr aushalten, darin aufzufangen?

Der junge Mann fragt sich, ob ihm in diesem Punkt nicht ein Denkfehler unterlaufen ist, aber schließlich handelt es sich um ein Lied und keinen Essay, geschweige denn eine wissenschaftliche Abhandlung. Die Zeit wird sich um sämtliche Ungereimtheiten kümmern, die groben Fehler aussieben und was sich davon nicht loswerden lässt, ganz einfach neu interpretieren.

Den Refrain seines Liedes würde der junge Mann am liebsten den Fischen widmen. Sie erinnern nicht nur den Tierschützer daran, dass sie auf einer entscheidenden Etappe seines Lebens zu seinen Schützlingen gezählt haben, sondern auch den Fischer, dass sie es sind, denen er an jedem Monatsende sein Auskommen zu verdanken hat.

Während des Refrains könnten sich alle – der junge Mann, seine Gastgeberin, der Fischer, ein Tierschützer oder eine Tierschützerin und der Restaurantbesitzer an den Händen nehmen oder mit jeweils einer Hand einen der Fangarme des Tintenfisches ergreifen, womit deutlich würde, dass sich das Tier die ganze Zeit über im Zentrum dieser Gruppe von Menschen befindet.

An den Anfang dieses verworrenen Gedankens zurückgekehrt, meint der junge Mann, nunmehr zumindest nachvollziehen zu können, weshalb sich der Tierschützer damit zufriedengibt, einen Tintenfisch, ohne viel Aufhebens davon zu machen, an einer dafür geeigneten Stelle ins Meer zu werfen. Er, der junge Mann, hat zwar bereits einiges dafür getan, das Tier am Leben zu erhalten, bislang allerdings – so kommt ihm das zumindest vor – hauptsächlich, um die Anerkennung seiner Gastgeberin einzuheimsen. Eine Anerkennung, die ungleich größer ausfallen würde, sollte dieser Zustand anhalten, bis der junge Mann in seine Unterkunft zurückkehrt. Andernfalls wäre es wohl eher das unvermeidliche Sterben gewesen, das ihn die ganze Zeit über begleitet hätte. Unbeantwortet bliebe dann nur noch, angesichts welcher in Vergessenheit geratenen Sehenswürdigkeit das Leben aus der bedauernswerten Kreatur gewichen wäre.

Mag sein, dass sich die Gastgeberin des jungen Mannes auch ein wenig Anerkennung abringen ließe, würde er ihr erzählen, dass er einen Tintenfisch, der noch voller Leben gewesen wäre, dem Ozean zurückgegeben hätte. Im Gegensatz zu einer möglichen Heimkehr in Begleitung des Tieres wäre das jedoch nur *angeblich* geschehen. Und sollte seine Gastgeberin den jungen Mann tatsächlich so etwas wie Anerkennung spüren lassen, weil er das Tier im Stil jener Tierschützer, die gelegentlich in uns allen im Einsatz sind, dorthin zurückgeschickt habe, wo es hergekommen ist, dann weil ihr keine andere Wahl bliebe. Ansonsten würde sie sich nämlich auf die Seite eines Gewerbes stellen, dessen Arbeitsalltag miteinschließt, Tintenfischen den Schädel an Bootsplanken einzuschlagen – ein blutrünstiges Unterfangen, auf das nur aus einem einzigen Grund verzichtet wird: um die Konsistenz des Tintenfischfleisches bis zu dem Moment, in dem das Tier in das heiße Wasser eines Kochtopfs geworfen wird, frisch zu halten.

Der junge Mann muss daran denken, dass seine Gastgeberin ihm erzählt hat, in älteren Reiseführern werde sehr wohl auf die blutige Uniformjacke in dem Museum für Heeresgeschichte hingewiesen. Erst die jüngeren Erscheinungsdatums hätten sich dafür entschieden – für sie unverständlicherweise –, Abstand davon zu nehmen. Soll das heißen, ihr gefällt der Gedanke, dass ein Tintenfisch, dem der Schädel hätte zertrümmert werden sollen, mit dem Leben davongekommen ist, während sie blutige Jacken von totgeschossenen Prinzen für sehenswert hält? Handelt es sich ihrer Meinung nach um die Uniformjacke von Kapitän Nemo, der seine Aufgabe darin sah, die Menschheit zu bestrafen? Und, falls ja, also, falls sie die Uniformjacke mit einer Persönlichkeit vergleichbar mystischen und misanthropischen Formats verbindet, findet sie es dann gut, dass jemand diese *erlegt* hat, oder handelt es sich dabei um eine stimmungsvolle Anteilnahme in Anbetracht ihrer Überreste? Oder am Ende gar um beides? Könnte es sein, dass die Gastgeberin des jungen Mannes ihn für seine *heroische* Tat, den Tintenfisch in den Ozean heimkehren zu lassen, beglückwünschen würde, während ihr die ganze Zeit über ausgefallene, eigens für die Zubereitung von Tintenfischen erfundene Rezepte im Kopf herumgeistern würden? Rezepte, die zu dem Wenigen gehören, was ihre Großmutter ihr hinterlassen hat? Würde der junge Mann damit, ohne etwas davon zu ahnen, eine absurde Situation heraufbeschwören, jener vergleichbar, sich in einem Netz verfangen zu haben, das einen angeblich vor dem harten Aufprall auf dem Boden der Realität bewahren soll, das aber gleichzeitig dafür sorgt, dass man drinbleiben muss, obwohl es einen eigentlich nach draußen treibt.

Jetzt erst registriert der junge Mann eine Gestalt, die ihm eigentlich schon beim Verlassen des Museumsareals hätte auffallen können. So lange befindet sie sich nämlich schon in gleichbleibendem Abstand hinter ihm und macht noch nicht einmal Anstalten, ihre Anwesenheit zu verheimlichen. Es ist beinahe so, als hätte sich der junge Mann, indem er ausschließlich mit seinem Lied beschäftigt gewesen ist und ausgeblendet hat, was in seiner unmittelbaren Umgebung vor sich geht, bis zu diesem Zeitpunkt selbst um eine mit dem Vorhandensein dieser Gestalt verbundene Diskretion bemüht.

Handelt es sich etwa um den Fahrgast aus dem Bus? Wie um alles in der Welt sollte der hierhergekommen sein? Prompt fällt dem jungen Mann die Fährte ein, die der aus dem Plastiksack austretende Ozean gelegt hat und die von ihm erst inmitten der Kanonen bemerkt wurde. Aber warum auf einmal so zurückhaltend?

Könnte die Zurückhaltung des Fahrgastes darauf gründen, dass von seiner Überzeugung, er sei von dem jungen Mann auf ungewöhnliche, um nicht zu sagen *unschickliche* Art und Weise zwischen zwei Busstationen berührt worden, nicht mehr als eine vage Vermutung übrig geblieben ist?

Dass der junge Mann sich in Begleitung eines quicklebendigen Tintenfisches befindet, dürfte der Fahrgast allerdings nach wie vor nicht ahnen. Sollte der junge Mann ihm, schon um weitere Missverständnisse zu vermeiden, nicht lieber die Wahrheit sagen?

Demnach hält er es also für geboten, einem Wildfremden die Wahrheit zu sagen, während er gerade noch Pläne geschmiedet hat, seine Gastgeberin zu belügen? Geht es nicht vielmehr darum, eine Schwindelei, die er seiner Gastgeberin aufzutischen gedenkt, an dem Fahrgast, der im Glauben, von ihm berührt worden zu sein, hier erschienen ist, während es der Tintenfisch gewesen ist, der ihn berührt hat, auszuprobieren?

Ausprobieren hieße für den jungen Mann, sich umzudrehen und auf den Fahrgast zuzugehen, den Plastiksack – bei dem es sich, das ist seinem Verfolger vielleicht sogar aufgefallen, nicht mehr um denselben handelt wie im Bus – erneut, diesmal aber schon von Weitem in die Höhe zu halten und ohne Umschweife damit herauszurücken, dass dieser Sack, ob der Fahrgast es nun glaube oder nicht, einen lebenden Tintenfisch beinhalte.

Einmal mehr hat der junge Mann bei dieser Vorstellung eine morbide Assoziation. War es zuvor der Kopf eines so-eben guillotinierten Menschen, schwebt ihm diesmal eine explosive Ladung vor, die er hochgehen zu lassen droht, soll-ten seine Bedingungen nicht erfüllt werden. Wie aber lauten die Bedingungen des jungen Mannes?

Es ist seine Bedingung, gleichzeitig aber auch sein größ-ter Wunsch, der Fahrgast möge einsehen, dass es eine sim-ple, vielleicht nicht unbedingt *simple*, auf alle Fälle jedoch harmlose, weitgehend unzweideutige Erklärung für das, was im Bus geschehen ist, gibt. Wenig Verständnis erübrigt der junge Mann seinerseits für die Ohrfeige, mit der der Fahr-gast auf die – wie auch immer sie zustande gekommen sein mag – *unschuldige* Berührung reagiert hat.

Eine weitere Bedingung des jungen Mannes lautet, dass der Fahrgast sich entfernt und zu seinem Bus zurückkehrt. Mögen die Berührungen, die zwischen ihnen stattgefunden haben oder auch nicht – eine für niemanden sichtbar un-ter den Sitzen, die zweite, nämlich die Ohrfeige, vor aller Augen –, in einer anderen Welt gegeneinander aufgewogen werden.

Es war sein Fehler – der Fehler des jungen Mannes –, in den Bus einzusteigen. Schließlich frequentiert dieser eine möglichst vielen bekannte Route, während seine Gastgeberin ihn an Orte geschickt hat, die in den üblichen Verzeichnissen nicht einmal Erwähnung finden.

Was aber, wenn sich der Fahrgast zwischen der Station, an der der junge Mann ausgestiegen ist, und der darauffolgen-den, eingestanden hat, dass es ihm gar nicht so unangenehm gewesen ist, von einem jungen Mann wie dem jungen Mann – ganz im Gegensatz zu einem Tintenfisch wie dem Tintenfisch – berührt worden zu sein? Und was weiter, wenn ihm die Ohrfeige, die er dem jungen Mann verpasst hat, inzwischen leidtut. Es sei denn natürlich, der junge Mann wäre fantasievoll genug, sie als Bestandteil einer in doppelter Hinsicht bizarren Form der Kontaktaufnahme aufzufassen.

Sollte das der Fall sein, kann der junge Mann nur hoffen, dass der Fahrgast den hinzugekommenen Plastiksack mit der Aufschrift *Unser Heer* richtig interpretiert. Als Hinweis darauf, dass diesbezüglich keinerlei Interesse besteht, als Warnung, dass der junge Mann, sofern darauf nicht Rücksicht genommen wird, Verstärkung mitgebracht hat.

Was aber, wenn der Fahrgast dieses Mal noch brutaler reagiert? Am Ende tut er dem Tintenfisch etwas zuleide. Heißt es nicht, ausgerechnet Menschen, denen eine gewisse Neigung zu Missverständnissen eigen ist, würden sich angesichts der daraus resultierenden Konsequenzen nicht selten auf Wehrlose stürzen? Würde sich der junge Mann in einer solchen Situation vor den Tintenfisch stellen, wie sich ein Heer vor seinen König stellt, wobei der Tintenfisch, den er, fällt dem jungen Mann ein, bis jetzt erst ein einziges Mal und nur kurz gesehen hat, eher einer lebendig gewordenen Krone ähnelt, keinesfalls jedoch einem Herrscher, der eine Krone auf dem Kopf trägt.

Als der junge Mann die Straßenseite wechselt, wechselt sie sein Verfolger ebenfalls. Er gibt sich dabei Mühe, den Abstand weder zu verringern noch größer werden zu lassen und vermittelt auf diese Weise, dass er zwar anwesend ist, der entscheidende Schritt jedoch dem jungen Mann vorbehalten bleiben soll. Warum eigentlich?

Etwa weil der junge Mann sich in seinen Augen bereits im Bus dadurch hervorgetan hat, dass er vor entscheidenden Schritten nicht zurückschreckt? Das ließe sich über die Ohrfeige des Fahrgastes aber genauso sagen. Mit dem Unterschied, dass die Ohrfeige tatsächlich von dem Fahrgast gekommen ist, während die angebliche Berührung – sofern es sich dabei nicht überhaupt nur um den Plastiksack gehandelt hat – durch einen Tintenfisch erfolgte, der keine Ahnung von *entscheidenden Schritten* hat. Jeder einzelne Moment der Existenz eines solchen Tieres ist nämlich genau gleich viel wert. Für den Tintenfisch stellt sich das Leben anders dar als für einen Fahrgast.

Um seinen Verfolger loszuwerden, sagt sich der junge Mann, wird es notwendig sein, ihm ein für alle Mal klarzumachen, dass er an keinerlei Kontakt interessiert sei. Es wäre wichtig, zu betonen, an *keinerlei* Kontakt, also nicht bloß an keinem zu jemandem aus der oberen Etage eines Busses oder an keinem, der auf eine Berührung, ob nun unschicklich oder nicht, zurückgeht.

Soll der junge Mann nicht doch lieber verschweigen, dass es sich bei der vermeintlichen Berührung in dem Bus um seinen, nein, um *einen* Tintenfisch gehandelt hat, über den er gelegentlich die Kontrolle verliert? Soll er gar nicht erst erwähnen, dass das Tier bis zu dem unglückseligen Moment in dem Bus jedes Mal verlässlich eingeschlummert ist, sobald er den Plastiksack – damals noch ohne Leck und vor dem Eintreffen *Unseres Heeres* – hin und her hat baumeln lassen?

Wenn der junge Mann es recht bedenkt, hören sich diese Erklärungen nicht einmal in seinen eigenen Ohren glaubwürdig an. Sie klingen eher wie etwas, das man sagt, um eine völlig andere Wirkung zu erzielen als die vermeintlich von ihnen angestrebte – zum Beispiel, gebeten zu werden, das doch bitte *genauer zu erklären*. Der junge Mann beschließt also, sich etwas anderes einfallen zu lassen, um seinem Verfolger klarzumachen, dass er sich vergeblich an seine Fersen geheftet hat.

*

Die verlässlichste Taktik vorausschauenden Verhaltens beruht auf Täuschung. Der junge Mann hat keine Ahnung, wem er diese Eingebung zu verdanken hat. Für ihn klingt sie wie aus dem Notizbuch eines ostasiatischen Philosophen mit einer Leidenschaft für militärische Operationen. Ob die Idee dazu aus dem Plastiksack des Museums für Heeresgeschichte gedrungen ist? Möglicherweise stammt sie von seinem schweigsamen Begleiter, der bereits eine ganze Weile im Wasser aus der Toilette des Museums für Heeresgeschichte vor sich hinbrütet.

Dem jungen Mann fällt ein, dass der Tintenfisch, als er ihn in der Hand des Fischers im Hafen gesehen hat, verglichen mit dem Fisch und dem Hummer, einen *kooperativen* Eindruck auf ihn gemacht hat. Außerdem hat er sich, ungeachtet jeglicher Zurückweisung, in einen Einkauf verwandelt und ist nunmehr auf dem besten Weg, sich in den Augen der Gastgeberin des jungen Mannes als dicke Überraschung zu entpuppen.

Wenn er versucht, sich den Tintenfisch in dem Plastiksack vorzustellen, fällt dem jungen Mann nicht unbedingt einer von dessen Artgenossen ein. Zum ersten Mal ist er einem von diesen auf dem Umschlag eines Buches begegnet, das er gelesen hat, als er ein viel jüngerer Mann gewesen ist. Obwohl, was den Plot betrifft, in einer verhältnismäßig kleinen Rolle besetzt, erschien der Tintenfisch, in eine Rangelei mit einem Unterseeboot verwickelt, auf dem Umschlag des Buches abgebildet. Gegen einen Vergleich mit der Abbildung auf dem Cover spricht allerdings, dass der Tintenfisch, von dem der junge Mann begleitet wird, real ist und sich in einem Plastiksack befindet, also alles andere als mit ihm rangelt. Viel eher lässt er sich von dem jungen Mann, der die Trägerschlaufen aus Plastik um einen seiner

Finger gewickelt hat, damit der Sack besser baumeln kann, durch die Gegend tragen.

Der junge Mann hat sich das Tier auch nicht unbedingt aufgehalst, indem er sich, dem Unterseeboot auf dem Buchumschlag vergleichbar, in dessen Jagdrevier vorgewagt hat, ohne dorthin eingeladen worden zu sein.

So klar ist das nun aber auch wieder nicht. Immerhin kann der alte Hafen unbestreitbar als Hoheitsgebiet der Fischer bezeichnet werden, und ob der junge Mann dort etwas zu suchen hatte, darf zumindest bezweifelt werden. Reiseführer jüngeren Erscheinungsdatums zum Beispiel finden eher nicht. Es wäre allerdings auch arg vereinfachend, zu behaupten, seine Schwäche für Sehenswürdigkeiten hätte den jungen Mann gänzlich unerwartet auf einen Tintenfisch stoßen lassen. Vielmehr war es seine Neugier, die ihn und das Tier zusammengebracht hat, und das rückt den jungen Mann wiederum durchaus in die Nähe der Besatzung eines Unterseeboots, deren Mitglieder ihre verzwickte Lage ihrer Abenteuerlust verdanken. Dem jungen Mann sind diese Seeleute in der Person eines Fischers, aus dem, einen Zigarettenstummel im Mundwinkel, ein Händler geworden war, begegnet. Derselbe Seemann hat auch dafür gesorgt, dass der Tintenfisch, direkt aus seinem Netz kommend, an seiner Seite gelandet ist.

Da dem jungen Mann nichts Besseres einfällt, hält er die Hand, in der der Plastiksack hin und her baumelt, so weit wie möglich von sich weg. Genauso hat er das beim Verlassen des Rundfahrtschiffes gemacht und damit den Eindruck erweckt, dass von seinem Inhalt ein unangenehmer Geruch oder gar eine undefinierbare Strahlung ausgeht. Diesmal krümmt der junge Mann seinen Arm jedoch ein klein wenig und hebt den Ellenbogen an, wodurch es so wirkt, als habe er jemandem, den man nicht sehen kann, den Arm über die Schulter gelegt.

Was der junge Mann damit ausdrücken möchte, ist, dass er sich bereits jemandem verbunden fühlt. Jemandem, der nur eben gerade nicht da ist oder der ganz einfach über keine Schulter verfügt, über die der junge Mann seinen Arm legen könnte. Sollte sein Verfolger diese Andeutung verstehen, wird er vielleicht die Finger eines solchen, lediglich nicht vorhandenen Jemands sogar in den Trägern des Plastiksacks mit der Aufschrift *Unser Heer* erkennen. Finger, die sich mit den Fingern des jungen Mannes verschränken, was gemeinhin versinnbildlicht, dass zwei aneinanderhängen.

Als der junge Mann sich nach einer Weile umdreht, ist sein Verfolger von der Bildfläche verschwunden oder überhaupt nie da gewesen. Jemand mag eine Zeit lang hinter ihm hergegangen sein, es dürfte sich dabei jedoch weder um einen Verfolger und schon gar nicht um den Fahrgast aus dem Bus gehandelt haben. Der junge Mann kann aufhören, so zu tun, als würde von dem Plastiksack, den er so weit wie möglich von sich weg zwischen Zeigefinger und Daumen hält und hin und her baumeln lässt, etwas Unangenehmes ausgehen. Es besteht keine Notwendigkeit mehr, so zu tun, als befänden sich die Schultern eines imaginären Begleiters, einer Begleiterin zwischen ihm und dem Tintenfisch, und darüber ist er nicht unfroh. Seinen Arm, noch dazu mit dem Gewicht des Plastiksacks am Ende, ausgestreckt zu halten, ist mit der Zeit ganz schön anstrengend geworden.

Da nun niemand mehr hinter ihm her ist und der Tintenfisch in seinem Plastiksack schläft, hält der junge Mann die Gelegenheit für günstig, einen Imbiss einzunehmen. Er interessiert sich dafür, wie sich die hiesige Bevölkerung ernährt, und seine Gastgeberin hat ihm den Namen einer Kette besonders widerlicher Schnellrestaurants aufgeschrieben.

Vor einer Filiale dieser Kette stehend, kommt der junge Mann zu dem Schluss, dass es eigentlich kein Problem darstellen dürfte, einen Tintenfisch mit in ein Lokal zu nehmen, vorausgesetzt, das Tier befindet sich in einem Plastiksack, schläft, als wäre es tot, und verbreitet keinen üblen Geruch. Sofern diese Kriterien erfüllt sind, ist es gar nicht so viel anders, als würde man mittags die Einkäufe fürs Abendessen dabeihaben.

Nachdem er das Restaurant betreten und sich für eines der zur Auswahl stehenden Menüs entschieden hat, sucht der junge Mann ein ruhiges Plätzchen für sich und seinen Begleiter.

Die kleinsten Tische im Gästebereich bieten gerade mal Platz für zwei Personen. Einer davon steht ein wenig abseits, was dem jungen Mann, der nicht einen Moment lang aufhört, den an seinem gekrümmten Zeigefinger hängenden Plastiksack hin und her baumeln zu lassen, günstig erscheint. Eine Familie hält sich zwar nicht allzu weit entfernt auf, Vater und Mutter sowie zwei Kinder sind aber offenbar damit beschäftigt, Geburtstag zu feiern. Das Familienoberhaupt trägt ein von einem elastischen Band gehaltenes Papierhütchen, eines der beiden Kinder an einem Haarreifen befestigte Micky-Maus-Ohren.

An dem Tisch, den er sich ausgesucht hat, angekommen, muss der junge Mann schmunzeln. Beim Anblick des Papierhütchens (vielleicht auch der Micky-Maus-Ohren) ist ihm eingefallen, dass man den Tintenfisch in seinem Plastiksack im geeigneten Umfeld glatt für einen Scherzartikel halten könnte. Eine Interpretation, die, unterstützt von einer fröhlichen Miene seinerseits, eine Menge Dramatik aus seiner Odyssee – der junge Mann hält seinen Ausflug nicht wirklich für eine *Odyssee*, diese Bezeichnung gefällt ihm lediglich – herausnehmen würde.

Als seine Nummer aufgerufen wird, zögert er einen Moment lang. Das Aufrufen der entsprechenden Nummer kommt einer Aufforderung gleich, an die Verkaufstheke zu treten und sich von einer Angestellten der Restaurantkette die dazugehörende Bestellung aushändigen zu lassen. Was den jungen Mann zögern lässt, ist nicht unbedingt dieser Ablauf. Bereits beim Betreten des Lokals hat er an riesigen, mit Preisen versehenen Leuchtkästen abgebildet gesehen, dass die Mahlzeiten hier auf diese Weise *serviert* werden. Was ihm bisher allerdings noch nicht aufgefallen ist, ist ein mit Wasser gefüllter gläserner Behälter, in dem ein großer grauer Fisch schwimmt. Mit ungerührter Gleichmäßigkeit durchmisst das Tier sein Gefängnis, als habe es das Konzept der unsichtbaren Barrieren zwar nicht unbedingt verstanden, sich jedoch gemerkt, dass es nach einer gewissen Anzahl an Flossenschlägen umzudrehen gilt.

Der junge Mann hält es für keine gute Idee, den Tintenfisch bis an die Theke, auf der der Glasbehälter steht, mitzunehmen. Da er ohnedies nur einen Moment lang wegbleiben wird, schwenkt er den Plastiksack ein paar Mal kräftig hin und her, dann befestigt er die Trägerschlaufen am überstehenden Querbalken der Rückenlehne eines der beiden Stühle. Dem Glasbehälter samt Inhalt schenkt er im Gegenzug keine weitere Beachtung. Er beschließt, seine Bestellung abzuholen und vergleichbar ahnungslos zu seinem Tisch zurückzukehren wie der Fisch, der keine rechte Vorstellung davon zu haben scheint, was ihm blüht.

Als er bezahlen will, findet der junge Mann das Lindenblatt, das er vor dem Museum für Heeresgeschichte aufgelesen hat, in seiner Brieftasche. Er hat es also gar nicht auf der Museumstoilette liegen gelassen, er muss es beim Kauf des Katalogs irrtümlich in seiner Brieftasche verstaut haben. Sollte das Blatt tatsächlich über magische Kräfte verfügt haben, hat es die zwischen lauter Geldscheinen mit Sicherheit eingebüßt.

Wieder an seinem Platz – der Plastiksack hängt noch da, alles in Ordnung – konzentriert sich der junge Mann erst mal auf die Box mit seinem Essen. Ihr Deckel ist durchsichtig und sollte sich eigentlich dort, wo er auf den dunkelbraunen Seitenwänden aufsitzt, unschwer ablösen lassen. Wo genau, eröffnet sich dem jungen Mann nicht gleich, und eine Zeit lang tastet er an der Box herum wie ein Fast-Food-Tantalos, mit dem Unterschied, dass, was er da nicht zu fassen kriegt, nicht unbedingt verlockend aussieht, noch nicht einmal so verlockend wie an den riesigen Leuchtkästen.

Je länger der junge Mann die Verpackung seiner Mahlzeit abtastet, desto weniger Lust verspürt er, sich, was sie beinhaltet, einzuverleiben. Dass sich auch das Besteck in der Box befindet, kommt ihm nicht nur lächerlich, sondern im höchsten Maße unpraktisch vor, und prompt vernimmt er, als würde jemand das genauso auffassen, von irgendwoher Gelächter.

Ohne nachzudenken, glaubt der junge Mann erst, das Gelächter stamme von dem Tintenfisch, den möglicherweise amüsiert, wie umständlich sich die Menschen in ihren sogenannten *Restaurants* ernähren, oder vielleicht auch, wie ungeschickt sich jemand anstellt, dem nur zwei Arme zur Verfügung stehen. In Wahrheit aber sind es die Mitglieder der Familie einen Tisch weiter, die es vor Lachen regelrecht beutelt. Sie haben ihre Feier unterbrochen, schauen zu dem jungen Mann herüber und finden es offenbar wahnsinnig lustig, dass jemand Schwierigkeiten hat, eine der für ein Restaurant wie dieses charakteristischen Boxen aufzukriegen. Entsprechend der zu einem solchen Restaurant passenden Atmosphäre handelt es sich dabei jedoch weder um ein gehässiges noch um ein besserwisserisches Gelächter. Die Familienmitglieder zeigen sich vielmehr von einer Heiterkeit ergriffen, wie man sie hier gemeinsam mit einem der Menüs überreicht bekommt. Dass der junge Mann ihre gute Stimmung nicht teilen kann, liegt einzig und allein daran, dass sich die für ihn vorgesehene Portion Heiterkeit noch in seiner Box befindet.

Ungeachtet dieser auf eine verkaufsfördernde Harmonie bedachten Logik ist dem jungen Mann die Situation einigermaßen unangenehm. Er sagt sich, dass es – vor allem den Kindern gegenüber – das Beste wäre, seine Hilflosigkeit ohne Umschweife einzugestehen. Ehe er jedoch Gelegenheit hat, sich der international geläufigen Geste für Hilflosigkeit – Schultern anheben und die Handflächen beider Hände gleichzeitig nach oben kehren – zu bedienen, muss er feststellen, dass die Familie, inklusive des Geburtstagskindes, gar nicht seinetwegen herüberschaut und lacht. Ihre Aufmerksamkeit gilt dem von der Stuhllehne hängenden Plastiksack, besser gesagt, dem Tintenfisch, der, inzwischen offenbar wieder aufgewacht, einen seiner Fangarme herausstreckt und krümmt, was aussieht wie ein Fragezeichen.

Ein solches Fragezeichen, fällt dem jungen Mann spontan ein, könnte, auf die gegenwärtige Szenerie bezogen, über seiner Ratlosigkeit angesichts der Plastikbox mit seiner Mahlzeit stehen. Selbst eine derart humorvolle Interpretation versteht sich jedoch nicht darauf, ihn aufzuheitern. Anders als auf der Prélude hat der junge Mann in dem Restaurant nämlich noch nicht einmal die Möglichkeit, so zu tun, als würde ihn der Plastiksack nichts angehen, als habe sich der Tintenfisch unaufgefordert zu ihm an den Tisch gesetzt oder wäre hier vergessen worden – wie er vergessen hat, dass man einen Tintenfisch nicht einen Augenblick lang allein lassen darf, zumindest nicht, sofern er sich in einem Plastiksack befindet und man sich mit ihm in einem Restaurant aufhält.

Um sich abzulenken, aber auch, um sich von der Heiterkeit der Familienmitglieder zu distanzieren, sagt sich der junge Mann, selbst wenn die Krümmung des Fangarms des Tintenfisches ein Fragezeichen andeuten sollte, bezieht dieses sich wohl eher auf *die Welt da draußen* und damit möglicherweise zwar auch auf seine Schwierigkeiten mit der

Essensbox, viel eher jedoch auf die Mitglieder der Familie: ihre Geburtstagsfeier, ihre Heiterkeit, die sie sich an der Verkaufstheke haben verpassen lassen, und ihre komischen Ohren. Konsequenzen befürchtet der junge Mann hingegen keine. So etwas wie Furcht steht in einem Restaurant wie diesem nicht auf dem Menüplan.

Die Kinder kreischen vor Vergnügen, die Mutter gibt sich schockiert, gluckst dabei aber in einem fort, was ihr Schockiert-Sein nicht gerade glaubwürdig erscheinen lässt. Einzig der Familienvater wahrt einen gewissen Ernst, wenn auch einen beschwingten, einen feiertäglichen. Wie es aussieht, bemüht er sich, seinen Kindern verständlich zu machen, dass echte Feinschmecker, wenn es um ihre Gaumenfreuden geht, nun mal eine ganze Menge auf sich nehmen. Ob es sich dabei, fragt sich der junge Mann, um einen Seitenhieb in Richtung seiner Ehefrau handelt – vorausgesetzt natürlich, er liegt mit seiner Interpretation überhaupt richtig. Sobald der Vater seine Erklärung beendet hat, wirft er dem jungen Mann jedenfalls einen Blick zu, der etwas Komplizenhaftes in sich birgt. Ein Blick wie von jemandem, der sich zwar selbst nicht zum harten Kern zählt, der aber zumindest ungefähr Bescheid weiß.

Der Tintenfisch schwenkt seinen Arm jetzt einmal in diese, dann wieder in die andere Richtung, als habe er sich in ein Periskop verwandelt, das dem Tier dazu dient, die Lage außerhalb zu checken, und der junge Mann sagt sich, dass sich der Familienvater doch eigentlich fragen müsste, was um alles in der Welt jemand mit derart hohen kulinarischen Ansprüchen in einem Restaurant wie diesem, in das er seine Familie an Festtagen ausführt, zu suchen habe.

In seiner Ratlosigkeit erinnert der Vater den jungen Mann an den Fisch in dem gläsernen Behälter auf der Verkaufstheke. Das Papierhütchen auf seinem Kopf, obwohl ursprünglich mit Sicherheit bunt, hat bereits nach kurzer

Zeit den grauen Teint seiner Haare angenommen und sieht ein bisschen aus wie die Rückenflosse eines großen, traurigen Fisches.

In einem Punkt liegt der Familienvater allerdings zu hundert Prozent richtig: In einem Lokal wie diesem hat ein junger Mann wie der junge Mann tatsächlich nichts verloren. Weshalb hat ihm die Mitarbeiterin des Restaurants wohl das Besteck gemeinsam mit der Heiterkeit eingepackt, wenn nicht, um anzudeuten, dass die Box auch mitgenommen werden kann?

Unter unaufhörlichem Gekicher und Blicken aus zwei fröhlichen Gesichtern, einem verstohlen glucksenden und einem ernsten, komplizenhaften, erhebt sich der junge Mann, nimmt den Plastiksack mit dem Tintenfisch von der Stuhllehne und greift nach der Box, in der sich sein Essen befindet. Während er das tut, murmelt er ein paar unverständliche Worte vor sich hin, wie man sie murmelt, während man ein Hündchen, das dabei ist, Fremden auf die Nerven zu gehen, an die Leine nimmt. Im Fall des jungen Mannes sind es allerdings Verwünschungen, denen zufolge der Tintenfisch in einer Box wie der, in der sich seine Mahlzeit befindet, besser aufgehoben wäre als in einem oben offenen Sack – oder auch zwei ineinandersteckenden. Der Deckel einer Box, die so schwer aufzukriegen ist, würde das Tier wenigstens daran hindern, überall für Aufsehen zu sorgen.

Der Tintenfischarm zieht sich unverzüglich in den Plastiksack zurück, sei es aus Vorsicht, sei es, weil das Schaukeln wiedereinsetzt und das Tier begriffen hat, dass es, wann immer es Lust darauf verspürt, bloß ein Stückchen von sich zum Vorschein kommen lassen muss, um diese von ihm so geschätzte Funktion erneut zu aktivieren. Ehe der Tintenfisch seine Gliedmaßen hat verschwinden lassen, sind, erst zum zweiten Mal seit seinem Gastspiel an Bord des Rundfahrtschiffes, vorübergehend mehr als einer seiner Arme zu sehen gewesen. In den Augen der Kinder am benachbarten Tisch muss das gewirkt haben wie eine sich anbahnende Szene mit zwei aufgerichteten Weltraumwürmern – ein Wurm größer, der Periskoparm, einer kleiner und nicht ganz so weit aus dem Plastiksack hervorlugend. Die Kinder lachen auch noch, als sich der junge Mann, diesmal mitsamt dem Tintenfisch, Richtung Verkaufstheke verabschiedet.

Während er sich von der Mitarbeiterin des Schnellrestaurants eine Papiertüte geben lässt, denkt der junge Mann, dass es in der Filiale einer solchen Kette wahrscheinlich deswegen bis zuletzt so heiter zugeht, weil man im Austausch gegen eine dieser Essensboxen jegliche Fähigkeit zur Kritik abgibt. Und tatsächlich – obwohl der Gesichtsausdruck, mit dem sich die Angestellte schließlich von ihm abwendet, als emotionslos zu bezeichnen wäre, hat er den Eindruck, gemeinsam mit der leeren Papiertüte eine gewisse Bandbreite an Gefühlen, darunter auch seine Kritikfähigkeit und die Möglichkeit, sich zu fürchten, zurückerhalten zu haben.

Den letzten Blick widmet der junge Mann dem gläsernen Behälter. Er stellt sich vor, dass der Fisch, der sich darin befindet, wäre er dieser Geste mächtig, die Schultern anheben und die Handflächen seiner beiden Flossenhände gleichzeitig nach oben kehren würde.

Unmittelbar nachdem der junge Mann das Lokal verlassen hat, stopft er die Papiertüte, auf der sich das Logo der Schnellrestaurantkette befindet, mitsamt der Plastikbox in die erstbeste Mülltonne und denkt sich, dass das, was er beim Verlassen des Tisches vor sich hingemurmelt hat, ebenfalls dort hineingehört. Zweifellos hat es wie eine jener Phrasen geklungen, die Tierhalter laut aussprechen, wodurch aus den Menschen rundherum zwangsläufig Zuhörer werden. Der junge Mann hat sich schon des Öfteren gefragt, was hinter einer solchen Form der Kommunikation steckt. Jetzt glaubt er, verstanden zu haben, dass es sich dabei um das Bedürfnis handelt, die Beziehung, die jemanden mit einem anderen Lebewesen verbindet, auf den Prüfstand zu stellen, indem er Unbeteiligte Zeugen davon werden lässt. Ihm ist klar, dass das ein Schritt in die falsche Richtung ist. Der junge Mann möchte nicht, dass der Tintenfisch sein Freund wird. Einen Freund könnte er unmöglich in absehbarer Zeit den Kochkünsten seiner Gastgeberin ausliefern – mögen diese auch so gut sein, dass sie sogar echten Feinschmeckern Gaumenfreuden bereiten.

Eines dieser Restaurants auszuprobieren ist keine so gute Idee gewesen. Wie beeindruckend, andererseits, die Treffsicherheit seiner Gastgeberin. Das Lokal, das sie ihm vorgeschlagen hat, war tatsächlich von einer Widerwärtigkeit, die schwer zu beschreiben ist. Dazu muss man, denkt sich der junge Mann, dort nicht einmal etwas essen. Noch ehe er diesen Gedanken beendet hat, erschrickt er allerdings und schaut wie versteinert auf den Plastiksack, in dem der Tintenfisch, vom Schaukeln, das er beim Gehen ganz automatisch verursacht, dazu bewogen, einmal mehr eingeschlafen zu sein scheint. Der junge Mann atmet tief durch. Einen Moment lang hat er befürchtet, versehentlich den falschen Sack in die Mülltonne gestopft zu haben.

Als nächste Station auf seiner Liste ist ein Verkehrsknotenpunkt am Stadtrand vorgesehen. Zahlreiche Ein- und Ausfallstraßen treffen dort offenbar auf engstem Raum aufeinander, werden oberhalb und unterhalb geführt. Es gibt Kreuzungen, Kreisverkehr und mangelnde Übersicht. Gleichgültigkeit und Unmut verlaufen parallel, Solidarität und Ich-Bezogenheit knapp aneinander vorbei. Von einem ganz bestimmten Punkt aus betrachtet, hat die Gastgeberin des jungen Mannes daneben notiert, erweckt das den Eindruck, die gesamte Dynamik innerhalb des urbanen Organismus lasse sich mit einem einzigen Blick erfassen. Das, was diesen Organismus antreibt, was ihn in Bewegung hält, die Körperflüssigkeit, die ihn durchpulst, sein leuchtendes, lärmendes, stinkendes, verschiedenfarbiges, die Welt verschmutzendes Gewebe. Metallene Blutkörperchen, nummeriert, blinkend, auffrisiert, vollgetankt, auf dem Weg zur Arbeit, auf dem Weg von der Arbeit, hat die Gastgeberin des jungen Mannes – offenbar innerlich aufgewühlt – auch noch dazugeschrieben.

Als der junge Mann allerdings realisiert, dass er, um dorthin zu gelangen, erneut einen Bus nehmen müsste – steht da nicht etwas von *Außenbezirk* –, beschließt er, den Besuch des Verkehrsknotenpunktes auszulassen.

Es gibt noch einen weiteren Grund, der es dem jungen Mann erleichtert, sich so zu entscheiden. Als er sich vorstellt, von einer Anhöhe auf den fließenden Verkehr hinunterzuschauen, muss er an einen Ozean denken, und angesichts eines solchen malt er sich aus – vielmehr ertappt er sich bei dem Gedanken –, den Plastiksack (die beiden Plastiksäcke) mitsamt dem Tintenfisch in ein solches, von einem Augenpaar allein nicht zu überblickendes Meer von Fahrzeugen zu werfen. Einfach so. Wie jemand, der sich von etwas befreien möchte, wie ein Gepeinigter, der, was ihn peinigt, untergehen, und wenn schon nicht untergehen, dann wenigstens überfahren sehen möchte. Aber auch wie jemand, der sein Geheimnis einer Unübersichtlichkeit anvertraut, weil er überzeugt davon ist, dass es ihm unmöglich sein wird, es für sich zu behalten.

Stattdessen wendet sich der junge Mann dem nächsten Vorschlag seiner Aufstellung zu, und dabei handelt es sich um ein Kino, in dem es, so der Wortlaut seiner Gastgeberin, während der letzten fünfzig Jahre keine Veränderung gegeben hat.

Auf dem Weg zum Kino begegnet der junge Mann einem Mädchen, das auf dem Gehsteig steht und sich über einen Kinderwagen beugt. Ohne lange zu überlegen, lässt er den Plastiksack mit dem Tintenfisch hinter seinem Rücken verschwinden. Der junge Mann tut das, um das Kind nicht zu erschrecken, er tut das, obwohl er die ganze Zeit über, auch während er den Plastiksack hinter seinem Rücken verbirgt, nicht aufhört, ihn hin und her baumeln zu lassen, weshalb der Tintenfisch, seit die beiden das Schnellrestaurant verlassen haben, nichts mehr von sich hat blicken lassen.

Während der junge Mann auf das Mädchen zugeht, überlegt er, wie er die Frage, weshalb er einen Tintenfisch hinter seinem Rücken verberge, beantworten würde. Soll er zugeben, dass er ihn seiner Gastgeberin in der Hoffnung überbringt, sie werde ihm im Gegenzug dafür ihre Anerkennung aussprechen und das Tier daraufhin in einen Kochtopf stecken? Soll er das Mädchen nicht doch lieber belügen?

Als der junge Mann das Mädchen schließlich erreicht hat, schaut es von dem Kinderwagen – es handelt sich um die Spielzeugversion eines richtigen Kinderwagens – auf und stellt ihm tatsächlich eine Frage. Soweit er das Mädchen versteht, will es jedoch gar nicht wissen, was er da bei sich trägt – den Plastiksack mit der Aufschrift *Unser Heer* scheint das Mädchen nicht einmal bemerkt zu haben –, sondern, ob er ihm nicht etwas Geld geben könne. Die Reaktion des jungen Mannes auf diese Frage drückt sowohl seine Überraschung, in gewisser Weise aber auch seine Missbilligung aus, woraufhin ihn das Mädchen unverzüglich beschwichtigt, indem es mit einer Folge von Kopfbewegungen andeutet, dass das Geld nicht für irgendwelchen Mädchenkram sei, sondern für das Kind in dem Kinderwagen. Den jungen Mann verwirrt das nur noch mehr, und er versucht seiner Verwirrung Ausdruck zu verleihen, indem er von dem Mädchen wissen möchte, ob es allen Ernstes glaube, dass es die Aufgabe einer fürsorglichen Mutter sei, sich auf die Straße zu stellen und fremde Menschen – noch dazu ausgerechnet Männer, denkt der junge Mann, betont das jedoch nicht extra – um Almosen für ihr … für *ihr Kind* anzuschnorren? Das Mädchen hat offenbar mit dieser Frage gerechnet – vielleicht wird es häufiger damit konfrontiert. Es entgegnet, dass es sich bei dem Kind, wie ihm aufgefallen sein dürfte, um eine Puppe handle, und Puppen nun mal nicht selbst sprechen könnten. Das Mädchen sagt das mit einer Überzeugung, ähnlich der, mit der sich der junge Mann kurz zuvor selbst daran erinnert hat, dass ein Außenbezirk zu Fuß normalerweise nicht in kurzer Zeit erreichbar ist. Das Mädchen sagt das, als sei das völlig klar, und doch bedient es sich eines schnippischen Untertons, als wäre der junge Mann für so etwas möglicherweise noch zu jung und gleichzeitig nicht mehr jung genug oder einfach nur zu sehr … Mann – offenbar jedoch kein Vater.

Während das Mädchen spricht, fällt dem jungen Mann, der ihre Worte nur bruchstückhaft versteht, ein Kamm auf, ein geschwungener Griff mit ein paar Zähnen unten dran, die sich tief in das Mädchenhaar gegraben haben. Das Wort *Polyp* schießt ihm durch den Kopf, und er meint nunmehr sogar im Kamm des Mädchens einen Tintenfisch, wenigstens aber so etwas wie ein *Tintenfischlogo* zu erkennen – eine Basis, von der, den Armen eines solchen Tieres vergleichbar, mehrere Stränge ausgehen. Wirre Gedanken, die ihm nahelegen, seinen Weg schleunigst wiederaufzunehmen. Den Plastiksack holt er wie ein reichlich ungeschickter Illusionist im Vorbeigehen nach vorne und bemüht sich, das Mädchen, dem aufgefallen sein muss, dass er da etwas bei sich trägt, was es nicht zu sehen bekommen soll, und seinen Kinderwagen so schnell wie möglich hinter sich zu lassen.

Das Wort *Polyp*, denkt sich der junge Mann beim Weggehen, könnte ihm eingefallen sein, um ihn zur Ordnung zu rufen und ihn daran zu erinnern, worin sein aktueller Plan besteht. Er will möglichst vielen der Sehenswürdigkeiten, die seine Gastgeberin ihm aufgelistet hat, einen Besuch abstatten und ihr im Anschluss daran, quasi als Dankeschön, einen lebenden Tintenfisch überreichen, um einem zwischen den Zeilen ihrer Liste verborgenen Wunsch zu entsprechen.

Kann schon sein, dass er nicht unbedingt damit gerechnet hat, das Tier lebend anvertraut zu bekommen, für einen jungen Mann wie ihn wird eine solche Aufgabe dadurch allerdings nur noch reizvoller. In der Folge hat er die ihm empfohlenen Plätze eben gemeinsam mit dem Tier, das derart skurrile Orte ebenfalls noch nie gesehen haben dürfte, abgeklappert, um es im Anschluss daran ihren kompetenten Händen zu überlassen. Vielleicht, sagt sich der junge Mann ein, wäre es besser, die Übergabe bereits im Vorzimmer zu vollziehen – oder im Wohnzimmer, auf keinen Fall jedoch in der Küche. Würde er seiner Gastgeberin den Tintenfisch irgendwo anders als in der Küche überreichen, wäre nicht eindeutig, in welcher Absicht er das tue. Zumindest könnte er später den Überraschten spielen, verblüfft dreinschauen, wenn seine Gastgeberin das Tier in ihren Kochtopf plumpsen lässt, wie das junge Mädchen den jungen Mann verblüfft angeschaut hat, als es kurz so aussah, als würde er eine Puppe für fähig halten, selbstständig um ein Almosen zu bitten.

Auf den letzten Metern bis zum Kino erinnert sich der junge Mann daran, irgendwann einmal gelesen zu haben, im dekadent gewordenen antiken Rom hätte ein Papagei als besondere Delikatesse gegolten, sofern er des Sprechens kundig gewesen wäre. Am meisten dürfte wohl einer gekostet haben, kommentiert der junge Mann diese historische

Anekdote, dessen letzte Worte daraus bestanden hätten, wie er am schmackhaftesten zuzubereiten wäre. Besonders gebildete Tiere könnten sogar Erfahrungen miteinbezogen haben, etwa wie die Reaktion auf den Verzehr ihres Vaters oder ihrer Großmutter ausgefallen wäre. Möglicherweise hat sich im Laufe mehrerer Generationen verspeister sprechender Vögel ja herausgestellt, wie sehr das eine oder andere exotische Gewürz – im alten Rom waren exotische Gewürze äußerst beliebt – das dem Papageienfleisch eigene Aroma zur Geltung bringt, während sich ein anderes, obgleich teuer, in Kombination damit nicht gerade als bekömmlich erwiesen hat. Des Redens kundige Papageien könnten auch Auskunft darüber gegeben haben, wie lange vor dem Zubereiten man sie am besten … – überraschend auf alle Fälle, noch ehe sie einen diesbezüglichen Satz zu Ende gesprochen hätten. Auf diese Weise bleibt ihr Fleisch – jenem von Flugenten vergleichbar – unverkrampft und frei von traumatisch bedingten Pheromonen, sind sie doch bei ihrer vermeintlichen Lieblingsbeschäftigung aus dem Leben geschieden: beim Sprechen.

Vor dem Kino angekommen, stellt der junge Mann fest, dass es den Betrieb eingestellt hat. Jemand hat den gläsernen Eingangsbereich mit Packpapier ausgekleidet. Am Türgriff, der die Form eines Oscars aufweist, hängt ein Schild mit der Aufschrift *Betreten verboten*. Ob das vor fünfzig Jahren auch schon so gewesen ist? Der junge Mann spricht diese Frage laut aus, obwohl kein anderer Mensch anwesend ist und der Tintenfisch ihn nicht hören kann, weil er wieder einmal schläft.

Ein Tintenfisch hat in einem Kino aber ohnedies nichts verloren, sagt sich der junge Mann wie zum Trost –, und diesmal sagt er das so, dass es für niemanden hörbar ist. Allein schon die Vorstellung, das Tier könnte während eines

Films aufwachen, einen oder gar zwei seiner Fangarme aus-
fahren – Antennen auf der Suche nach Unterhaltung – und
eine ihm unbekannte Sitznachbarin mit seiner schlüpfrigen,
pulsierenden, saugnapfbesetzten Oberfläche berühren, bereitet dem jungen Mann Unwohlsein. Ohne jeden Zweifel
würde es die nächste Ohrfeige für ihn setzen – und Kino-
verbot. Besitzer von Tintenfischen haften eben für etwaige
Belästigungen seitens der Tiere in ihrer Obhut. Den jungen Mann erinnert das an eine rechtliche Beziehung, wie
sie zwischen Eltern und ihren Kindern besteht, und er fragt
sich, ob sich eine solche Bestimmung auch auf eine noch
nicht zubereitete Mahlzeit anwenden lässt. Was, wenn ein
sprechender Papagei im alten Rom, ehe er im Kochtopf –
wohl eher in der Bratpfanne – gelandet ist, ein hohes Tier
wie einen Senator beleidigt hätte? Wäre sein Besitzer dann
den Löwen zum Fraß vorgeworfen worden?

So gesehen ist es weit ungefährlicher, sich mit den Bil-
dern in den Schaufenstern des Kinos zu begnügen – aber
die Schaufenster sind leer. Wo einst Fotos aller erdenkli-
chen Abenteuer hingen, weist die Rückwand nichts als helle
rechteckige Stellen auf. Man könnte annehmen, dort, wo
sich die Handlung abgespielt hat, ist man auf Sauberkeit
bedacht gewesen, während das Leben in den Gängen dazwischen seine Spuren hinterlassen hat. Wo sich einst die
Stars getummelt haben, dominiert jetzt das Nichts. Schließlich waren die Stars nur projiziert, während die Niemande
im Zuschauerraum wirklich dagewesen sind und ihren
Schmutz hinterlassen haben.

Um sich auf andere Gedanken zu bringen, ruft sich der
junge Mann das Aussehen des Tintenfisches in Erinnerung.
Er hat das Tier nur einmal kurz zu Gesicht bekommen, und
wenn er daran denkt, fällt ihm als Erstes ein Vollbart ein.

Es handelt sich um einen ganz bestimmten Bart, der
dem jungen Mann vorschwebt. Ein Bart aus Stein, ein Bart,

wie er die untere Hälfte des Gesichts des steinernen Eben-
bildes von Leonardo da Vinci im Foyer des Künstlerhauses
ziert.

Der Schöpfer dieser Statue, die – einer wächsernen
Doppelgängerfigur vergleichbar, nur eben aus Stein – auf
das Thema dieses Gebäudes hinweist und gleichzeitig der
Dekoration des Eingangsbereiches dienen soll, verleiht dem
Bart Leonardos das Aussehen eines gefrorenen, eines ver-
steinerten Ozeans. Die einzelnen Strähnen gehen, an gewal-
tige Wellenkämme gemahnend, ineinander über, wogen wie
ein chaotisches Geflecht in einem geheimnisvollen Rhyth-
mus, der als sinnbildlich für die Quelle der unergründlichen
gestalterischen Vielfalt der Ideen dieses Künstlers, vielleicht
sogar der Kunst an sich gelten kann. Wie ein Charakte-
ristikum seines niemals versiegenden Einfallsreichtums
scheint der mächtige Bart an Leonardos Antlitz zu kleben.
Als verberge sich der Anblick eines simplen Menschen, der
er ebenfalls gewesen sein dürfte, dahinter. Es ist der mächtige Bart, der Leonardo im Foyer des Künstlerhauses von
seinen Malerkollegen unterscheidet. Gemeinsam mit ihm
sind nämlich noch ein paar andere Künstler dargestellt –
als hätten sie sich allesamt im Anschluss an ihre Arbeit in
den Schausälen hier unten eingefunden. Es gibt da noch
den mit der komischen Mütze, den mit der riesigen Palet-
te und einen – Velasquez – mit einem zierlichen Bärtchen
über der Oberlippe und am Kinn. Künstlerisch anspruchs-
voll domestizierte Kanäle, regulierte Flüsse im Gegensatz
zum unberechenbaren Ozean, in den Leonardo seinen Kopf
gesteckt hat.

Zeit, den Heimweg anzutreten. Auf der Liste des jungen
Mannes findet sich nur noch eine Adresse. Es handelt sich
um den Standort eines aus dem letzten Krieg übrig geblie-
benen Gefechtsturms. Nach Beendigung der Kampfhand-

lungen habe es sich als zu *riskant* erwiesen, ihn abzutragen. Das hat die Gastgeberin des jungen Mannes neben die Adresse geschrieben (inklusive der Hervorhebung!).

Sprengungen wären notwendig gewesen, was die umliegenden Wohnhäuser in Mitleidenschaft gezogen hätte. Obwohl das geschichtsträchtig klingt und es gar keinen so großen Umweg zum Fischerhafen, auf dessen Parkplatz er sein Auto abgestellt hat, bedeuten würde, beschließt der junge Mann, den Besuch dieses Turms ebenfalls auszulassen. Seine Gastgeberin, die neben der Adresse auch noch vermerkt hat, dass Türme wie der von ihr aufgelistete einst als *Stadtmauer des 20. Jahrhunderts* bezeichnet wurden, muss davon nichts erfahren. Der junge Mann hat den Eindruck, ohnehin schon alles Wesentliche über dieses Bauwerk zu wissen. Er wird einen Kommentar abgeben, noch ehe seine Gastgeberin Gelegenheit hat, sich nach seinen Eindrücken zu erkundigen. Er könnte zum Beispiel sagen, wie schlüssig ihm das Konzept vorkomme, etwas, das sich nicht beiseiteschaffen lasse, künftighin als Mahnmal dafür zu betrachten, dass manch Abscheulichkeit nicht ohne Folgen bleibe. Nach einer Pause – zu kurz, als dass seine Gastgeberin auf die Idee kommen könnte, sich dazu zu äußern – würde er hinzufügen, dass er das für vernünftiger halte, als Wohnhäuser, nachdem sie sämtliche Kampfhandlungen überstanden hätten, beim Fortschaffen des Kriegsgeräts unabsichtlich zu zerstören.

Vielleicht ist der Turm, so lange ohne Kriegsgeschehen, mittlerweile aber auch eines natürlichen Todes gestorben. An *Einsiedlerkrebs*, denkt der junge Mann und bedauert es einmal mehr, dass ihn der Tintenfisch in dem Plastiksack nicht verstehen kann. Sein Wortspiel hätte das Tier mit Sicherheit amüsiert.

Der junge Mann könnte seine Gastgeberin fragen, ob sie nicht auch der Meinung sei, ein ehemaliger Gefechtsturm würde sich hervorragend dafür eignen, das blutüberströmte Kleidungsstück eines Prinzen zu beherbergen. Vielleicht sollte man, damit würde der junge Mann die Schilderung seiner vermeintlichen Eindrücke des Turms allmählich beenden, aber auch etwas ganz anderes, etwas Sinnvolles darin unterbringen … fragt sich bloß, was – vielleicht ein Aquarium. Stummer Zeitzeuge könnte der Turm, dessen finstere Gesinnung wohl ohnedies längst in die umliegenden Häuser übersiedelt sein dürfte, ja dennoch bleiben.

Die Idee, ausgerechnet ein Aquarium in dem Turm unterzubringen, verdankt der junge Mann – da ist er sich sicher – der Anwesenheit des Tintenfisches. Befände sich ein Aquarium in dem Turm, könnte er sich vorstellen, diesem einen Besuch abzustatten. Aller Wahrscheinlichkeit nach bliebe ihm der Zutritt in Begleitung eines Tintenfisches allerdings auch hier verwehrt.

Würde er einen Tintenfisch mit sich führen, würde man den jungen Mann an den Lieferanteneingang des Aquariums verweisen oder dorthin, wo Spenden für die Unterstützung dieser die Menschen informierenden und für den Tierschutz sensibilisierenden Einrichtung in Empfang genommen werden.

Bei der Spendenstelle müsste sich der junge Mann die Frage gefallen lassen, ob er noch recht bei Trost sei. Üblicherweise würden die Leute mit ihrer Kreditkarte hier erscheinen, gelegentlich auch Kinder mit ihren Sparschweinen – nachdem sie diese so lange gemästet hätten, dass es für die armen Schweine allmählich an der Zeit wäre, zum Wohle ihrer Brüder und Schwestern unter dem Meeresspiegel *geschlachtet* zu werden (nicht unbedingt den tierrechtlichen Vorschriften entsprechend, dafür aber aus edlen Motiven). Ob er sich sicher sei, dass man ihn nicht in die Cafeteria geschickt habe, würde man den jungen Mann bei der Spendenstelle des Aquariums fragen und dabei blöde grinsen. So blöde, dass diese Blödheit ihn auf die Idee bringen könnte, sein Wunsch, ein Aquarium gemeinsam mit einem Tintenfisch zu besuchen, würde ebenfalls etwas durch und durch Unsinniges vertragen. Zum Beispiel den Plastiksack einmal mehr (zum dritten oder vierten Mal, seit er sich auf den Weg gemacht hat) in die Höhe zu halten, diesmal um sich wie ein Geiselnehmer zu gebärden.

Er habe, würde der junge Mann rufen, diese bedauernswerte Kreatur in seine Gewalt gebracht, um sie *ihrem* Ozean zurückzugeben. Den Fischern vergleichbar, die sich mit dem Einlaufen in den Hafen von Seeleuten in Händler verwandeln, würde an der Spendenabgabestelle des Aquariums aus einem unbescholtenen jungen Mann ein Kidnapper werden. Ein Entführer, der ein vom Aussterben bedrohtes Tier aus einer Grenzenlosigkeit vortäuschenden gläsernen Box befreit hat. Seine Worte würden zwar nicht allzu viel Sinn ergeben – ist der junge Mann doch im Begriff, dafür zu sorgen, dass der Tintenfisch in einer ganz anderen Art von *Gewässer* landet – was er sagt, würde jedoch hervorragend zu der dramatischen Geste des hoch über den Kopf des jungen Mannes gehaltenen Plastiksacks (*Unser Heer*) passen.

*

Als er den Fischerhafen erreicht, ist die Dämmerung bereits fortgeschritten. Sämtliche Fischer, ob nun Seeleute oder Händler, sind von der Bildfläche verschwunden. Der junge Mann nimmt an, dass sie beisammensitzen, Seemannsgarn spinnen und sich den Gewinn, den sie tagsüber erzielt haben, in Rum ausbezahlen lassen. An der Fassade der Hafenkneipe ist eine Lichterkette aus verschiedenfarbigen Glühbirnen befestigt. Ganz automatisch fragt sich der junge Mann, wie man den Tintenfisch in der Küche einer solchen Kneipe wohl zubereiten würde. Aber könnte es nicht sein, dass sich die Stammgäste dieses Lokals gar nichts aus Tintenfisch *nach Art des Hauses* machen? Ganz einfach, weil die meisten von ihnen sich mit dem Fangen und Verkaufen dieser Tiere ihren Lebensunterhalt verdienen. Sich eine Auswahl davon feierabends in ihrer Stammkneipe zubereiten zu lassen, hätte etwas irgendwie Unprofessionelles an sich. Als würden die Fischer die Tintenfische aus dem Ozean holen und dem Kneipenwirt bringen, damit er sie in seinem Lokal in eine Mahlzeit verwandle. So etwas passt eher zu einer Partie Sonntagsjäger, die Flugenten vom Himmel geschossen haben und sich diese, während es aus den Läufen ihrer Büchsen noch raucht, in einem Landgasthaus servieren lassen. Die Fischer ernähren sich, während sie sich auf ihre nächste Ausfahrt vorbereiten, mit Sicherheit lieber von so etwas wie Schnitzel oder Hamburger, während die Feinschmecker innerhalb er Jagdgesellschaft dem Wirt des Landgasthauses erklären, wovon die Zartheit des Fleisches einer Flugente abhängt. Von etwas ganz Ähnlichem wie jenes *antiker* Papageien, fällt dem jungen Mann dazu ein. Und er selbst? Diese Frage drängt sich ihm förmlich auf. Ist er etwa nicht im Begriff, seiner Gastgeberin einen Tintenfisch zu überbringen, wohlwissend, dass sie umgehend – schließlich war er heute Morgen noch fangfrisch – ein schmackhaftes Abendessen aus ihm machen wird? Seine Gastgeberin wiederum hat von Anfang an keinen Hehl daraus gemacht, dass sie gewissen Dingen, die andere noch nicht einmal für erwähnenswert halten, etwas abgewinnen kann.

Vom sanften Wellengang hin und her geschaukelt, döst die Prélude ein paar Meter vom Steg entfernt vor sich hin. Der junge Mann fühlt sich mit einem Mal selbst ganz schläfrig. Plötzlich wird seine Aufmerksamkeit jedoch auf seinen Wagen gelenkt. Ein Polizist hat zwischen diesem und dem daneben abgestellten Position bezogen. Die Zufahrt zum öffentlichen Parkplatz ist jetzt nicht mehr blockiert, und daher sieht es ganz so aus, als wären die paar Fahrzeuge, die nach wie vor hier stehen, absichtlich ohne Rücksicht auf die Bodenmarkierungen geparkt worden.

Der junge Mann beeilt sich, er nimmt Tempo auf, trabt die letzten paar Meter sogar, um, noch ehe der Polizist mit dem Ausstellen eines Strafmandats fertig ist, erklären zu können, wie sich die Parkplatzsituation heute Morgen dargestellt hat. Sobald er sich in Hörweite glaubt, kündigt er sein Eintreffen durch Rufen an, scheint den Polizisten damit allerdings eher zu erschrecken. Die uniformierte Gestalt knickt ein wenig ein, als hindere sie etwas daran, einen Schritt zur Seite zu machen und sich umzudrehen, und erst jetzt erkennt der junge Mann, dass der Polizist gar nicht dabei war, ein Strafmandat auszuzustellen, sondern zwischen sein Auto und den ebenfalls ohne die Bodenmarkierungen zu beachten daneben abgestellten Wagen zu urinieren.

Keiner der beiden Männer weiß so recht, ob in so einem Fall eine Entschuldigung angebracht ist, und falls ja, von wem sie zu erfolgen hätte.

Mitten hinein in die Verlegenheit sagt der junge Mann, dass er sich beeilen müsse und hält dem Polizisten den Plastiksack mit dem Tintenfisch hin. Er präsentiert, was er da in der Hand hält, als handle es sich dabei um eine Legitimation wie einen Durchsuchungs- oder einen Haftbefehl. Der junge Mann fühlt sich in der stärkeren Position, vielleicht weil er das Geschlechtsteil des Ordnungshüters gesehen hat, oder aber, weil er Gelegenheit hat, jemanden, den das etwas angeht – der Polizist soll gefälligst sein Geschäft beenden –, darauf hinzuweisen, dass er zum Gelingen eines Vorhabens beitragen könne. Der junge Mann hat hier fangfrische Ware – zumindest war sie fangfrisch, als er sie heute in der Früh, ungeachtet einer total chaotischen Parkplatzsituation, erworben hat –, die ohne jede weitere Verzögerung in die fachkundigen Hände seiner Gastgeberin gehört. Sollte der Polizist nicht vorhaben, auf ein Motorrad zu steigen, um ihm auf der Heimfahrt den Verkehr vom Leib zu halten, soll er wenigstens nicht im Weg herumstehen. Als er vorhin zu traben begonnen hat, hat sich der junge Mann noch mehr schlecht als recht bemüht, das Bündel hinter seinem Rücken zu verbergen wie bei seiner Begegnung mit dem Mädchen. Das Hin-und-her-Baumeln wurde allerdings so arg, dass er die ganze Zeit über befürchtete, dem Tintenfisch könnte davon übel werden. Als er dem Polizisten den Plastiksack schließlich vor die Nase gehalten hat, als handle es sich um das Abzeichen eines höheren Dienstgrads (*Unser Heer*), war für den jungen Mann auch ein Anflug von Zorn damit verbunden à la: »Sehen Sie nur, was Sie da beinahe angerichtet hätten.«

Als die Autotür zufällt, zieht der Uniformierte den Reißverschluss an seinem Hosenschlitz hoch, was aussieht wie eine eigentümliche Art, zum Abschied zu salutieren.

Während der Fahrt hält der junge Mann den Plastiksack mit dem Tintenfisch zunächst abwechselnd in einer seiner beiden Hände. Beim Blinken wandert er in die eine, gilt es, den Schaltknüppel zu betätigen, kehrt er in die andere zurück. Beim Einlenken in eine Kurve muss darauf geachtet werden, dass das Bündel möglichst senkrecht herunterhängt, einem Lot vergleichbar, wie es auf See dazu verwendet wird, die Wassertiefe zu messen. Hält er an einer Kreuzung an, klemmt der junge Mann den Plastiksack zwischen seine beiden Knie, wie er das schon bei dem Verkaufsstand im Foyer des Museums für Heeresgeschichte gemacht hat. Bestand das Problem dort in der ausrinnenden Flüssigkeit, so zeigt sich nunmehr, wie schwierig es ist, mit einer derart heiklen Fracht zwischen den Knien die Pedale zu betätigen.

Der junge Mann fühlt sich zwischen zwei potenziellen Gefahrenquellen eingeklemmt. Lässt er sich von der Aufgabe, den Plastiksack mit dem Tintenfisch einigermaßen sicher zu halten, zu sehr ablenken, läuft er Gefahr, mit dem Wagen in Schwierigkeiten zu geraten, ein anderes Fahrzeug zu touchieren, ein Verkehrszeichen oder gar einen Fußgänger zu übersehen. Sollte ihm hingegen der Plastiksack entgleiten und sich sein Inhalt über den Boden, zum Beispiel zu Füßen des Beifahrersitzes ergießen, dürfte es um seinen Begleiter – seinen ganz persönlichen Fahrgast, fällt dem jungen Mann scherzhaft ein – geschehen sein. Und das, nachdem er so tapfer durchgehalten hat, nämlich sowohl *er*, der junge Mann, als auch *er*, der Tintenfisch.

Soweit es den Tintenfisch betrifft, besteht im Wageninneren eine Annehmlichkeit darin, dass der junge Mann nicht das Geringste tun muss, um den Plastiksack in Bewegung zu halten. Es genügt, ihn nicht loszulassen, das Hin-und-her-Schwingen erfolgt ganz von allein. Am bequemsten wäre es, denkt der junge Mann, den Sack am Rückspiegel zu befestigen und ihn von dort oben ins Wageninnere herunterbaumeln zu lassen. Andere Fahrer und Fahrerinnen bevorzugen an dieser Stelle ein Bild des Heiligen Christophorus oder einen sogenannten Duft- oder Wunderbaum. Dass diese Position genutzt wird, um Fahrgäste zu transportieren – Fahrgäste, die eine heikle Fracht darstellen –, ist dem jungen Mann zwar nicht geläufig, aber schließlich gibt es auch Kulturen, in denen Lasten auf dem Kopf getragen, und andere, in denen hochgestellte Persönlichkeiten in Sänften befördert werden.

Der Rückspiegel eignet sich hervorragend, um den Plastiksack, in dem sich außer dem Tintenfisch noch ein zweiter Sack befindet, daran aufzuhängen. Ein Problem ergibt sich lediglich daraus, dass das Bündel – wie sich zeigt, ist es in etwa so groß wie der Kopf des jungen Mannes – immer dann, wenn es Richtung Lenkrad ausschlägt, die Sicht durch die Windschutzscheibe arg beeinträchtigt. Der junge Mann versucht das auszugleichen, indem er, die Bewegung aufnehmend, ausweicht, was aussehen muss, als befänden sich Kopf und Plastiksack auf einem parallel verlaufenden Kurs. Gleichzeitig fällt ihm ein Unterseeboot ein, das an den Ausläufern auf Kollisionskurs liegender Eisberge vorbeimanövriert. Für den Tintenfisch ist, dieser Vorstellung gemäß, die Rolle einer Galionsfigur vorgesehen. Einer Galionsfigur, die wie ein Eisberg aussieht, ähnelt der weiße Plastiksack vom Hafen doch jenem bekanntlich sehr viel größeren Teil eines Eisbergs, der sich unter dem Meeresspiegel befindet.

Sofern dieses Fahrzeug nun aber ein Unterseeboot wäre, fragt sich der junge Mann, hieße das, dass ihm, immerhin der einzige Mensch an Bord, die Rolle eines Seemanns, vergleichbar dem legendären Kapitän Nemo, zufallen würde? Und hieße das ferner, dass er einige Zeit zuvor die Hand gegen sich selbst erhoben und sich das, am Busfenster stehend, noch einmal in Erinnerung gerufen habe? Unsinn! Bei ihm handelt es sich um nichts als einen ... – In diesem Moment muss der junge Mann das Steuer herumreißen, um einen Zusammenstoß mit einem anderen Fahrzeug zu vermeiden.

Sein Wagen ist auf den Fahrstreifen des Gegenverkehrs geraten, und es ist nur deswegen zu keinem Unfall gekommen, weil der Steuermann des anderen Fahrzeugs geistesgegenwärtig ausgewichen ist. Merkwürdigerweise hat er nicht einmal gehupt. Ob die Zeit zu knapp dafür war? Seine Gesichtszüge hingegen haben, geprägt von Wut und Schrecken, förmlich bis ins Wageninnere des jungen Mannes herübergeschrien. So viel zu der Frage, ob dieser sich als legendärer Unterseebootkapitän eignen würde. Vollauf damit beschäftigt, dem riesigen Eisberg in ihm drin auszuweichen, ist er darauf angewiesen, dass sich alle übrigen selbst darum kümmern, ihm nicht in die Quere zu kommen. Der junge Mann taugt noch nicht einmal zum Lieferanten eines Feinschmeckerrestaurants, mit dem ihn der Fischer im alten Hafen anfangs verwechselt haben mag. Er eignet sich bestenfalls als Botenfahrer eines Selbstbedienungsrestaurants, wiewohl man eine Delikatesse wie Tintenfisch vergeblich auf deren Menüleuchtkästen suchen würde. Vielleicht ja, weil ein solcher nie heil dort ankommt.

Wahrscheinlicher ist es, denkt der junge Mann, dass man in der Küche eines Restaurants wie diesem mit einem Tintenfisch nichts anzufangen weiß, wie ihnen dort auch zu einem Fisch wie dem großen grauen, der ausgesehen hat wie der Familienvater im Gästebereich, nichts Besseres eingefallen ist, als ihn in einem Glasbehälter hin und her schwimmen zu lassen.

Verglichen mit dem Plastiksack war dieser Behälter aber wenigstens einigermaßen geräumig, und jeder Flossenschlag, mag er auch zur Beförderung auf einem sinnlos anmutenden Parcours gedient haben, hielt den gesamten Lebensraum des Tieres in Bewegung, weshalb der Fisch nicht darauf angewiesen war, dass jemand den Glasbehälter mit ihm drin ständig hin und her baumeln lässt.

Als sein Auto in die Straße einbiegt, in der dieses Abenteuer begonnen hat, ist über dem Wohnhaus der Gastgeberin des jungen Mannes der Abend hereingebrochen. So kurz davor, seine Mission erfolgreich zu beenden, empfindet er, parallel zum Langsamer-Werden seines Fahrzeugs, einen Anflug von Stolz. Er wünschte, der Müllwagen wäre noch hier, um seiner Rückkehr beizuwohnen.

Zuletzt wird es dann aber noch einmal spannend. Nicht nur hat sich die Autofahrt als schwieriger herausgestellt als erwartet, während des Einparkens wird der junge Mann von einer ungewöhnlichen Nervosität gepackt. Beim Blick durch die Heckscheibe seines Autos baumelt ihm zwar kein Plastiksack vor der Nase herum, und doch hat er allem Anschein nach ausgerechnet weil sich das Bündel einen Moment lang hinter seinem Kopf befindet, das Gefühl, die allerletzte Hürde noch nicht genommen zu haben.

An sich ist, verglichen mit dem Weg, den er bisher bewältigt hat während der wenigen Schritte von dort, wo er sein Auto den Bodenmarkierungen entsprechend abgestellt hat, bis zu dem Wohnhaus, in dem er als Gast untergebracht ist, mit keinem Hindernis mehr zu rechnen. Der junge Mann müsste schon über seine eigenen Füße stolpern.

Dass einem kurz bevor man sein Ziel erreicht hat, noch so allerhand durch den Kopf geht, ist ganz normal, sagt sich der junge Mann. Bei der Unsicherheit, die ihm auf den letzten Metern entgegenkommt, dürfte es sich um so etwas wie die Summe all der Gelegenheiten handeln, die ohne ein Quäntchen Glück, ohne die eine oder andere aus dem Bauch heraus gefällte Entscheidung unweigerlich schiefgegangen wären. Der Lichtschein einiger Straßenlaternen begleitet ihn von seinem Auto bis zum Haustor. Hinter dem Haustor empfängt den jungen Mann die Treppenhausbeleuchtung.

Bei den Stufen in die oberen Etagen angekommen, hat er das Gefühl, am Fuße eines Siegerpodests zu stehen. Gleichzeitig wird ihm klar, dass, was immer sich zwischen ihm und dem Tintenfisch im Verlauf dieses Tages entwickelt haben mag, in wenigen Augenblicken an sein Ende gekommen sein wird. Der junge Mann ist im Begriff, die Treppe in ein Paradies hochzusteigen, in dem für Tiere kein Platz vorgesehen ist, es sei denn als Verpflegung und vereinzelt auch als Dekoration – vorausgesetzt man ist ein großer grauer Fisch mit einer Begabung fürs Traurig-Sein.

Um aus dem jungen Mann einen Sieger zu machen, wird sich der Tintenfisch in eine Trophäe verwandeln müssen. Mit einer Beziehung wie zwischen zwei Reisegefährten oder gar der eines Schutzsuchenden und seines Beschützers oder eines jungen Mannes und dem Kopf eines Enthaupteten, einem explosiven Inhalt, einer Geisel, dem heiligen Christophorus oder einem Wunderbaum wird es, oben angekommen, ein für alle Mal vorbei sein. Während er eine heiße Dusche nimmt, wird seine Gastgeberin dem Tintenfisch ein heißes Bad einlassen – es sei denn die Zubereitung eines solchen Tieres verlangt eine andere Vorgehensweise.

Mit einem letzten Blick in Richtung Plastiksack möchte er sich also nicht nur von dem Tintenfisch verabschieden, der junge Mann möchte nach Möglichkeit auch alles vergessen, was dieses Tier an diesem Tag zu seinem Begleiter gemacht hat. Zu seinem Erschrecken muss er jedoch feststellen, dass sich das Innere des Sacks, der beiden Säcke dunkel verfärbt hat. Es sieht aus, als schwimme der Tintenfisch in einer finsteren Suppe, und der junge Mann weiß sofort, dass er gestorben ist. Er weiß das, weil er während der letzten Stunden eine ganze Menge gelernt hat. In diesem Moment geht im Treppenhaus das Licht aus, und die Dunkelheit hebt zwei alarmierend rot leuchtende Lichtschalter hervor – einen unmittelbar neben dem Haustor, einen am Treppenaufgang. Bei ihrem Anblick fallen dem jungen Mann die Zigarettenstummel in den Mundwinkeln der Fischer am Anfang seines Weges ein. Eines Weges, der ihn aus der Dämmerung des Morgens in die Dunkelheit dieses Abends geführt hat und nunmehr im Begriff ist, in der Finsternis des Treppenhauses zu enden.

Shopping

Meine Einkaufstour beginnt im Supermarkt, und hier endet sie auch schon wieder, weil ich feststelle, dass ich weder Geld noch sonst ein Zahlungsmittel einstecken habe.

Auf meinem Weg zum Ausgang bietet mir eine Frau mit einer holländisch anmutenden Trachtenhaube auf dem Kopf ein Stück Käse an. Während sie mich zu dieser Kostprobe einlädt, hebt sie die voluminöse Glasglocke über der Käseplatte, die sie im Arm hält, ein wenig an, wodurch etwas von dem würzigen Aroma ihre freundliche Aufforderung zuzugreifen begleitet. Ich möchte erst nicht und dann doch, weil ich mir denke, dass es in einem Supermarkt selten genug etwas umsonst gibt. Also nehme ich mir eines der Würfelchen, aus denen Zahnstocher ragen. Die Holländerin lächelt und nennt den Namen des Käses, den ich gleich wieder vergesse. Dann schließt sie die Käseglocke, und damit ist auch das Lächeln aus ihrem Gesicht verschwunden. Ich stecke mir den Würfel in den Mund und betrachte den Zahnstocher wie ein Weinkenner den Korken einer vielversprechenden Bouteille. Als ich in den Käse beiße, habe ich eine Idee: Wie wäre es damit, herauszufinden, was ich in der Umgebung meiner Wohnung noch so alles umsonst bekomme? Erst will ich mich noch bei der Holländerin bedanken, aber sie hat sich bereits einem anderen Supermarktkunden zugewandt.

Ich könnte nachsehen, ob die Obstabteilung ebenfalls Kostproben anbietet. Manchmal haben sie da Melone, Ananas oder sogar Erdbeeren. Eine zweite Anschaffung im Supermarkt hebe ich mir aber lieber für später auf. Wer weiß, ob ich überhaupt noch etwas finde. Falls nicht, bliebe immer noch die Möglichkeit, mir zum Trost zuletzt noch ein bisschen Obst zu holen.

Tatsächlich muss ich eine Reihe unterschiedlicher Geschäfte abklappern, bis ich schließlich in der Parfümerie Glück habe. Nachdem ich diverse Aftershaves, Sport-Deos und Pflegeserien aus dem Regal genommen, angeschaut und wieder zurückgestellt habe, gestehe ich der Verkäuferin, dass ich gar nichts kaufen will. Zu meiner Überraschung lässt sie sich keinerlei Unmut anmerken, weil ich das nicht gleich gesagt habe. Sie ist jedoch so stark geschminkt, dass mir ihr Stimmungswandel möglicherweise nur verborgen bleibt. Gegen eine Verärgerung spricht, dass sie mich zum Abschied auf Probeflakons mit dem Eau de Toilette *007* aufmerksam macht, die zur freien Entnahme in einem Korb neben der Kassa bereitliegen. Ich greife zu und kündige an, dass ich mir diesen Duft für zu Hause aufhebe, weil es in der Parfümerie ein wenig nach Käse rieche. Hätte ich den Namen der holländischen Kostprobe von vorhin behalten, hätte ich mich präziser und gleichzeitig einigermaßen verschleiert ausgedrückt.

In der Bankfiliale habe ich mir eigentlich ein Werbegeschenk wie einen Jahreskalender, den Gutschein eines Partnerunternehmens oder zumindest einen Bleistift mit dem Namenszug der Bank erwartet (auf so einen stoße ich später im Postamt, die Aufschrift lautet: *Wenn der Postmann wieder einmal klingelt*). Alles, was ich hier geschenkt bekomme, ist ein Blick auf Datum und Uhrzeit. Ansonsten gibt es in der Bank nur unausgefüllte Zahlscheine. Ich nehme mir einen, obwohl ich das für ein Danaergeschenk, eine Art Falle halte.

In der Apotheke unterläuft mir ein Fehler. Unmittelbar vor dem Verkaufstisch befindet sich eine Kartonbox mit kleinen Päckchen eines Beruhigungs- und Schlafmittels. In meinen Augen handelt es sich um Probepackungen, vergleichbar dem Eau de Toilette in der Parfümerie, also bediene ich mich selbst und will die Apotheke wieder verlassen. Der Apotheker, der gerade mit einem Kunden beschäftigt ist, unterbricht jedoch sein Beratungsgespräch, ruft mich zurück und klärt mich darüber auf, dass es sich zwar um extra kleine Päckchen, aber keineswegs um Werbegeschenke handle. Sein weißer Mantel und die Gelassenheit, mit der er mir diesen Umstand auseinandersetzt, erwecken den Anschein, er resümiere eine wissenschaftliche Analyse. Eine *Probe*, sagt er beispielsweise, sei das nur insofern, als der Hersteller herausfinden möchte, ob sein Produkt auch in einer solchen Portionierung gekauft werde – etwa für Urlaubs- oder Geschäftsreisen. Für so etwas habe ich kein Geld, sage ich, was der Apotheker wahrscheinlich aufs Verreisen bezieht, dessen hohe Kosten mir unterwegs den Schlaf rauben würden, während ich alles in seinem Sortiment meine.

Das Möbelgeschäft erweist sich als herbe Enttäuschung. Zunächst habe ich gedacht: Je massiver das räumliche Erscheinungsbild der Ware, desto üppiger die kleinen Aufmerksamkeiten. Wie sich herausstellt, gibt es hier allerdings nichts umsonst. Nicht einmal Dekokrimskrams, der sich auf einen kürzlich vorbeigegangenen Saisonschwerpunkt bezieht. Im Ein- und Ausgangsbereich befindet sich eine sogenannte *Hundestation*, an der Trockenfutter und Trinkwasser angeboten werden – als läge das Erfolgsgeheimnis darin, den besten Freund des Menschen bei Laune zu halten.

Das Postamt habe ich bereits erwähnt, und ein zweites Mal möchte ich das nicht tun. Schließlich habe ich meine Lektion gelernt. Im Anschluss daran betrete ich ein Geschäft, bei dem ich mich schon lange gefragt habe, was es überhaupt anbietet. Wie ich feststelle, handelt sich um kein

Geschäft im herkömmlichen Sinn, sondern um das *Kundenzentrum* des Herstellers von Hörgeräten. Mein mittlerweile geschulter Blick entdeckt unweit der Eingangstüre einen Automaten in der Art der früheren Kaugummispender. Er ist mit kugelförmigen Plastikbehältern gefüllt. Da der Automat, der die Aufschrift *Silence Is Sexy* trägt, keinerlei Öffnung für das Einwerfen einer Münze aufweist, tippe ich auf ein Präsent des Herstellers und will mir eine Kugel herausdrehen. Ein junger Mann, der den Kundenraum durch eine Tür mit der Aufschrift *Audiometer* betritt, sieht das und klärt mich darüber auf, dass sich in den Plastikkugeln Ohrhörer befinden. Er schmunzelt bei ihrer Erwähnung, als fände er diesen Werbegag jedes Mal wieder lustig. Die Hörer gibt es zwar gratis – allerdings nur in Verbindung mit der Inanspruchnahme eines Hörtests. Dieser Hinweis macht mich stutzig. Bislang habe ich überhaupt noch nicht an Dienstleistungen gedacht. Ein Hörtest, so der junge Mann, kostet bei ihm ebenfalls nichts.

Unverzüglich fallen mir verschiedene andere Leistungen ein, die in Anspruch zu nehmen erst mal mit keinerlei Kosten verbunden sein dürfte. Gottesdienste, CDs durchhören, sich erklären lassen, was ein *Snapchat* ist oder worin sich teure Whiskys voneinander unterscheiden.

Für einen Hörtest, sagt der junge Mann, müsste ich mich bei ihm anmelden. Allerdings sei mit ein wenig Wartezeit zu rechnen, weil vor mir noch andere Kunden drankämen. Mein Blick folgt dem seinen, bis wir auf einen älteren Herrn stoßen, der mir bislang gar nicht aufgefallen ist, weil er ganz in sich zusammengesunken auf einem Sitzsack kauert. Sobald er bemerkt, dass die Aufmerksamkeit zweier Anwesender ihm gilt, wächst er ein wenig aus sich heraus, als ströme von irgendwoher zusätzlich Luft in ihn hinein. In einem Anflug von Beunruhigung erwidert der ältere Herr unsere Blicke und sagt etwas zu laut: *Wie bitte?*

Eine weitere Kundin hat sich ebenfalls bereits angemeldet. Der Kundenbetreuer, der offenbar entweder Ohrenarzt oder Techniker ist, hat sich jetzt wieder mir zugewandt. Sie sei, fügt er hinzu, schnell noch in die Putzerei gegangen.

Das ist eine hervorragende Idee, lautet mein Kommentar. Gleich darauf habe ich das Kundenzentrum verlassen und befinde mich auf dem Weg in die Putzerei. Mir ist eingefallen, dass ich dort nach einem Kleiderbügel aus Draht fragen könnte. So einen bekommt man sicher umsonst. Oder ein Stückchen durchsichtige Folie. Die Plastikkugel aus dem Automaten habe ich die ganze Zeit über in der Hand gehalten, jetzt stecke ich sie ein. Die zwei Ohrhörer in ihrem Inneren – sie hängen an einem sorgfältig eingerollten Kabel – erinnern mich an die Embryos eines Zwillingspaares, die sich eine Eizelle teilen.

In der Putzerei habe ich nicht nur keinen Erfolg, ich werde von einer Angestellten sogar einigermaßen unhöflich hinauskomplimentiert. Ihr pausbäckiges Gesicht und ihre voluminösen Oberarme sind ganz rot, ihr Kopf dampft, als hätte sie meine Frage nach einem Gratiskleiderbügel wütend gemacht. In diesem Zustand war sie allerdings schon, als sie aus einem der hinteren Räume, aus dem Ächz- und Stöhnlaute dringen, in den Kundenbereich gekommen ist.

Erfolgreich bin ich dafür in der Konditorei, in der ich mich an einer kleinen Theke bei Süßstoff, Plastiklöffelchen und Milchpulver bediene. Gedacht ist dieses Sortiment zwar für Kunden, die sich mit einem Getränk zum Mitnehmen versorgen, aber, wie es aussieht, interessiert sich niemand dafür, ob ich ein solches später oder woanders kaufen werde.

Als nächstes betrete ich das Infozentrum eines Telefonanbieters. Ich bin in der Hoffnung hereingekommen, dass man hier ein Telefon umsonst erhält, werde jedoch darüber aufgeklärt, dass in Wahrheit kein einziges Vertragsmodell

Geschenke vorsieht – nicht einmal ein zum Kauf animierendes Guthaben oder ein paar Freiminuten. Eine Frau um die dreißig, die wirkt, als wären schlechte Nachrichten ihre Spezialität, eröffnet mir diesen Umstand mit gedämpfter Stimme. Ich glaube, sie hat sich das bis zum Beginn ihrer Tätigkeit für dieses Unternehmen selbst anders vorgestellt. Während sie mir einige der Gründe für die mangelnde Freigiebigkeit ihres Arbeitgebers auseinandersetzt, bemerke ich einen Wasserspender. Ich verabschiede mich und hole mir, ehe ich die Räumlichkeiten der Telefongesellschaft verlasse, einen Trinkbecher. Unter meinen bisherigen Anschaffungen überwiegt der Anteil an Kulinarischem.

In der Pizzeria möchte ich nach knusprig gebackenen Teigresten fragen, aber im Ofen brennt noch kein Feuer. In der Leere, die aus seinem kalten Maul in den Gastraum strömt, reserviere ich beim Kellner, der einen Jogginganzug trägt, einen Platz für den folgenden Abend. Da ich persönlich erschienen bin, kann ich auf einen der Tische zeigen. Morgen werde ich dort bedient werden – gegen ein Entgelt, versteht sich. Ob es tatsächlich so weit kommt, werden wir noch sehen. Im Moment reicht mir ein Versprechen.

Nachdem ich die Pizzeria verlassen habe, frage ich mich, ob eine *Reservierung* – sie besteht aus einer Visitenkarte der Pizzeria, auf deren Rückseite der Kellner die von mir angegebene Uhrzeit notiert hat – etwas ist, das zu den übrigen Dingen, die man mir umsonst gegeben hat, gerechnet werden kann.

Aus der Trafik hole ich mir einen Lottoschein. Ich berühre ihn nur mit zwei Fingern, als handle es sich um eine fragile Preziose, ein selten aufzufindendes Gut. Im Blumengeschäft traue ich mich erstmals direkt danach zu fragen, ob es etwas umsonst gibt. Ich weiß nicht, warum mir das ausgerechnet hier einigermaßen selbstsicher über die Lippen kommt. Vielleicht liegt es an der farbenprächtigen, duftenden Umgebung oder daran, dass das Sortiment nichts aufweist, wonach ein professioneller Schnorrer fragen würde. Dabei könnte ich jemand sein, der sich auf diese Weise Blumen erbettelt, die er dann auf der Straße im Austausch gegen ein Almosen anbietet. Etwa, indem er sie einer hübschen Frau offeriert, die er, wenn sie die Blume geschmeichelt ablehnt, um etwas Geld bittet. Oder diese Frage will einfach nur aus mir heraus, und dies ist eben der Zeitpunkt dafür.

Der Blumenhändler, der damit beschäftigt ist, Tulpen aus einem Plastikkübel zu nehmen und auf bereitgestellte Vasen zu verteilen, verneint mit einer Routine, bei der man glauben könnte, er werde das mehrfach am Tag gefragt. Wenn ich Ende der Woche wiederkäme, fügt er hinzu, könnte es sein, dass er ein paar Reste für mich habe, die er ansonsten daheim auf seinem Komposthaufen entsorgen würde. Ich bin derart verblüfft, wie unkompliziert, wenn auch, was mein Anliegen betrifft, erfolglos unser knapper Dialog verlaufen ist, dass ich mich höflich verabschiede und den Blumenladen verlasse. Ob ich gegen Ende der Woche wiederkommen werde, lasse ich offen.

Auf der Straße fühle ich mich im höchsten Maße motiviert. Es tut mir fast leid, dass ich nicht noch ein paar Minuten insistiert habe. Vielleicht wäre etwas Grünzeug herausgesprungen oder ein Päckchen mit Vitaminen oder Mineralien, wie sie einem gekauften Blumenstrauß gelegentlich beigefügt werden. Ob der Händler nein gesagt hätte, wenn ich mit einem gerollten Blatt Papier in der Hand in sein Geschäft gekommen wäre und nach einem Gummiring gefragt hätte? Wieder auf der Straße hätte ich mir diesen anstatt eines Ringes an einen Finger stecken können.

Das Schuhgeschäft verfügt über eine elektrisch gesteuerte Tür. Eine junge Frau, die eine auf beiden Seiten unterhalb der Knie eingerissene Hose trägt, etikettiert in der

Nähe des Eingangs Schuhschachteln. Von dieser Beschäftigung lässt sie allerdings, sobald sie mich sieht, ab, tritt an mich heran und erkundigt sich, ob sie mir behilflich sein könne. Ich überlege kurz, ob ich sie nun eher bei ihrer Tätigkeit unterbrochen oder von dieser erlöst habe. Soweit es mich betrifft, werde ich von der kurzen Zeitspanne, die mir geblieben ist, ehe sich hier jemand um mich kümmert, geradezu überrumpelt. Ich war mir noch nicht einmal im Klaren darüber, an wen ich mich wenden sollte. Die Verkäuferin hat sich, indem sie sich zur Verfügung stellt, sozusagen selbst ausgewählt.

Ich bin hier, um mir beim Anprobieren von Schuhen helfen zu lassen. Welche Schuhe das sind, spielt keine Rolle. Ich kann sie mir ohnedies nicht kaufen.

Da ich es nicht darauf anlege, jemanden zu täuschen, zeige ich auf ein elegant aussehendes Paar Raulederschuhe, das auf einem hüfthohen Podest steht, und sage, dass ich mir wünschen würde, diese Schuhe in meiner Größe zu probieren. Die junge Frau nickt zufrieden, als sähe sie kein Problem darin, mir diesen Wunsch zu erfüllen. Dann wendet sie sich der Rückseite des Podestes zu, um den entsprechenden Karton herauszusuchen. In der Zwischenzeit schaue ich mich nach einem jener Hocker um, von deren Sitzfläche eine Schräge Richtung Boden verläuft.

Als mich die Schuhverkäuferin vor einem solchen sitzen sieht, wirkt sie einen Moment lang irritiert. Ich denke, sie wollte mir die Schuhe bloß überreichen und ist sich gar nicht sicher, wie dieses altmodische Möbelstück, auf dem ich ihr meinen rechten Fuß präsentiere, angewendet wird. Als ich sie um einen Schuhlöffel bitte, wirkt sie erleichtert, greift in ihre Gesäßtasche und holt etwas hervor, das wie die Spielzeugschaufel eines Kindes aussieht.

Nachdem ich in den Schuh geschlüpft bin, erhebe ich mich und mache ein paar Schritte bis vor einen Spiegel, der sich darauf beschränkt, meinen Fuß und die untere Hälfte meines Schienbeins abzubilden. Als habe der Schuh meinen Fuß in eine Gliedmaße verwandelt, die nicht mehr zu meinem Körper gehört. Es sieht aus, als hätte sich mein Fuß diesen Schuh ausgesucht, um sich davonzumachen und ein neues Leben zu beginnen. Irritiert blicke ich zu der Schuhverkäuferin, die eine Miene macht, als müsse sie sich allmählich wieder dem Etikettieren der Schuhkartons widmen. Indirekt gibt sie mir damit zu verstehen, dass ich mit diesem Schuh keine Freude haben werde, was sie sich nicht laut zu sagen traut, weil ihr das bei der Geschäftsführung, die ihr Verhalten den Kunden gegenüber fortwährend beobachtet, einen Minuspunkt einbringen würde. Wortlos überreiche ich ihr den Schuh und sage *Ein andermal vielleicht*, worauf sie kein Wort erwidert, als habe sie mich genau verstanden. Das Schuhgeschäft verlasse ich mit dem komischen Bild meines nicht mehr zu mir gehörenden Fußes im Kopf – eine immaterielle, dessen ungeachtet jedoch durchaus bereichernde Trophäe.

Zurück in meiner Straße fällt mir ein, dass das eine gute Gelegenheit wäre, endlich einmal die Pension zu betreten, die sich schräg vis-à-vis von meinem Wohnhaus befindet.

Wie in einer Pension üblich, betätigt man eine Klingel und die Rezeptionistin oder Zimmerwirtin erscheint. Es handelt sich um eine Frau, die ich vom Sehen aus der Gegend kenne, von der ich jedoch nicht wusste, dass sie in der Pension tätig ist. Als sie mich fragt, was sie für mich tun könne, behaupte ich, dass demnächst ein Bekannter von mir aus dem Ausland zu Besuch kommen würde und ich mir aus diesem Grund die Telefonnummer der Pension geben lassen wolle. Die Zimmerwirtin erkundigt sich, um welchen Zeitraum es sich in etwa handelt, und der Gedanke daran, sie zu belügen, bereitet mir ein schlechtes Gewissen. Anstatt ihr zu antworten, greife ich in eine Schüssel mit Streichholzbriefchen, auf deren Vorderseite der Name und die Adresse der Pension gedruckt sind, und halte ihr eines davon hin, als erübrige, was darauf steht, jedes weitere Wort.

Jetzt muss ich nur noch die Fahrbahn überqueren, und schon bin ich zu Hause. Abschließend will ich jedoch noch einmal im Supermarkt vorbeischauen. Obwohl meine Tour erfolgreicher war, als ich gedacht hätte, möchte ich mir zuletzt noch etwas Obst gönnen.

Heute gibt es allerdings keines. Jedenfalls nicht umsonst. Es ist auch niemand da, den ich danach fragen könnte. Ob ich mir ganz einfach etwas nehmen soll – ein paar Weintrauben zum Beispiel oder eine Satsuma? Falls ich gemaßregelt werde, könnte ich darauf hinweisen, dass es beinahe in jedem Geschäft etwas umsonst gibt, aber dann fällt mir der Käse ein.

An der Kasse drängle ich mich mit erhobenen Armen an den hinter ihren Einkaufswagen wartenden Kunden vorbei. Den misstrauischen Blick der Kassiererin – wahrscheinlich ist ihr aufgefallen, dass ich heute bereits zum zweiten Mal hier bin, ohne etwas zu kaufen – lenke ich auf die Rolle mit Gratistragetaschen, die am Ende des Förderbandes liegt, wo die abgerechneten Artikel darauf warten, eingepackt zu werden. Dieser spontane Hinweis auf etwas, das ich aus ihrem Angebot benötige, scheint die Kassiererin zu befriedigen, und sie konzentriert sich wieder auf ihre Arbeit.

Zu Hause bemerke ich, dass ich von meiner Einkaufstour etwas mitgebracht habe, von dem ich gar nichts wusste. Als ich die Schuhe ausziehe, fällt aus einem (dem rechten) ein kleines ovales Blatt heraus und trudelt, als wäre es von der Reise in meinem Schuh ganz benommen, Richtung Vorzimmerboden. Die paar Sekunden, die es benötigt, um den Teppich zu erreichen – den Schuh halte ich etwa in Kniehöhe –, scheint alles rundherum stillzustehen. Ich muss an ein Märchen denken, in dem jemand zur Belohnung eine

Brieftasche erhält, die immerzu voller Geld ist. Obwohl der so reich Beschenkte in der Folge – wider Erwarten – nicht leichtsinnig mit seinem den Wettbewerb verzerrenden Vorteil umgeht, verwandeln sich die Geldscheine, mit denen er guten Glaubens bezahlt, nach einiger Zeit in Blätter, die vom nächstbesten Baum stammen könnten.

Interessant wäre es zu wissen, wofür der Mann mit einer derart raffinierten Geldbörse belohnt wurde, aber da berührt das Blatt, das sich eben noch in meinem Schuh befunden hat, den Boden, und meine Umgebung wird wieder geschäftig und verlangt nach Aufmerksamkeit. Unten angekommen, so habe ich den Eindruck, wirkt das Blatt deutlich älter als zuvor, als es meinen Schuh verlassen hat.

Ein Mann und eine Frau

Die Unterhaltung an unserem Tisch hat gerade wieder einen ihrer unerheblichen Höhepunkte erreicht, als ein Mann in einem Frauenkleid das Lokal betritt und den Weg von der Eingangstüre bis zur Theke wie den provisorischen Catwalk der Filiale einer auf der ganzen Welt vertretenen Modekette absolviert. Zunächst geraten wir ins Stocken, noch ehe der Mann in dem Frauenkleid die Theke erreicht hat, sind wir vollkommen verstummt. Spontan fällt mir eine Gruppe Musiker ein – da wir vier sind, ein Quartett –, das durch ein unvorhergesehenes Ereignis aus dem Takt gerät. In solchen Momenten gilt es, Verantwortung zu übernehmen, egal wer zuletzt am Wort gewesen sein mag – meiner Meinung nach war es Dieter.

Der Mann in dem Frauenkleid hat inzwischen einen der Barhocker erklommen. Mit dem Ausnahmezustand, in den sein Auftreten einige der Gäste des Lokals versetzt hat, ist es bald wieder vorbei. Der Barkeeper verhält sich *erwartungsgemäß*, nämlich so, als spiele sich eine derartige Szene in diesem Laden an einem Freitag- oder Samstagabend mehr als einmal ab. Ohne eine Miene zu verziehen nimmt er im Anschluss an eine knappe Begrüßung die Bestellung des Neuankömmlings auf und kümmert sich unverzüglich darum. Sein der Situation angemessenes Verhalten lässt auch uns zurück in die Spur finden. Dieter nimmt die Unterhaltung wieder auf, als hätte es nie eine Unterbrechung gegeben.

Mir soll das recht sein, dem Auftritt des Mannes in dem Kleid entspricht das, meinem Empfinden nach, allerdings nicht unbedingt. Seine Art sich zu kleiden ist darauf ausgerichtet, Aufsehen zu erregen und die in dem Lokal, das er betritt, Anwesenden mehr als nur einen Augenblick lang in ihrem eingespielten Benehmen an einem Ausgehabend zu irritieren. Menschen wie Dieter scheinen ihm das nicht zu gönnen – vielleicht ja, weil sie bereit sind, alles zu tun, um Momente der Sprachlosigkeit zu vermeiden.

Auf den zweiten Blick sieht es wiederum ganz so aus, als hätte sich der Mann in dem Frauenkleid nicht allzu viel Mühe gegeben, die ihm angeborene Männlichkeit zu verbergen. Ein Vergleich mit den routinierten Handgriffen des Barkeepers, der mit seiner Bestellung beschäftigt ist, unterstreicht einige dieser Nachlässigkeiten.

Während der Barkeeper zum Beispiel ohne hinzuschauen die entsprechende Flasche aus einem umfangreichen Sortiment holt, zieht der Mann in den Frauensachen linkisch den Saum des Kleides, der ihm bis an den Oberschenkel hinaufgerutscht ist, über sein Knie. Während der eine ein paar Eiswürfel in ein wartendes Glas fallen lässt, was aussieht, als entrichte er fingerfertig die Gebühr für ein ruchloses Vergnügen, erweckt der andere auf seinem Barhocker den Eindruck, sein Kleid gar nicht in Ordnung bringen zu wollen, sondern lediglich an dem Versuch zu scheitern, es sich darin bequem zu machen. Im Gegensatz zu dem Barkeeper, der sich mit der Eleganz eines Eiskunstläufers zwischen einer beinahe unüberblickbaren Ansammlung an Flaschen, einer fragil wirkenden Batterie Gläser, einem Geschirrspüler und einer Registrierkassa hin und her bewegt, hat sich der Mann in dem Kleid – obwohl es ihm doch schon die ganze Zeit über ins Gesicht geschrieben steht, bemerke ich das erst jetzt – noch nicht einmal sorgfältig rasiert.

Da er blond ist, wirkt sich das freilich nicht ganz so drastisch aus, wie es bei einem dunklen Typ der Fall gewesen wäre. Manche würden es möglicherweise sogar auf die unvorteilhafte Beleuchtung zurückführen. Ich muss an die Vorliebe einiger Designer denken, den von ihnen entworfenen Objekten absichtlich den Anstrich einer gewissen Verwahrlosung zu verpassen.

Als der Barkeeper den Drink serviert, reißt ihm der Mann in dem Kleid das Glas regelrecht aus der Hand und leert es in einem Zug, was den Eindruck erweckt, es habe sich bei der Strecke von der Eingangstür bis an die Theke weniger um einen Laufsteg gehandelt, als vielmehr um eine Wüste, und bei dem Drink um den seit einer Ewigkeit ersehnten Schluck Wasser.

Könnte es sein, dass das der allererste Abend ist, an dem der Mann sich traut, in einer solchen Aufmachung eine Bar zu besuchen? Sein unvollständiges Erscheinungsbild würde das zwar nicht unbedingt erklären, wohl aber das hastige Hinunterkippen des Drinks. Allem Anschein nach hat er ihn benötigt, um sein Nervenkostüm einigermaßen zu stabilisieren.

Unsere Blicke von zuvor muss er wie boshafte Fragezeichen zu spüren bekommen haben. Ihre gekrümmten Enden darauf ausgerichtet, ihn zum Stolpern zu bringen. Ist es genau aus diesem Grund nicht an mir, ihm zu vermitteln, wie sehr wir alle hier es in Wahrheit schätzen, jemanden unter uns zu haben, der den Mut aufbringt, seiner eigenen Vorstellung entsprechend aufzutreten? Schließlich bin ich in der Lage, mich zumindest bis zu einem gewissen Grad in seine Lage zu versetzen.

Andererseits: Hätte er sich nicht wenigstens eine – ich weiß nicht recht, wie ich das nennen soll – *femininere* Frisur zulegen können? Wem, wenn nicht ihm, wäre das erlaubt gewesen, ohne sich damit hämische Bemerkungen einzuhandeln? Anders gesagt – in seinem Fall wären sämtliche Kommentare ohnedies in eine andere Richtung gegangen.

Ich kann mir sogar vorstellen, dass er auf diese Weise etwas von dem Lob eingeheimst hätte, das Frauen gegenüber auszusprechen sich kaum noch jemand traut. Die Länge seiner Haare passt durchaus, anstatt sie sich alle paar Sekunden mit den Fingern aus dem Gesicht zu streichen, hätte er sie jedoch besser *zurechtgemacht*, toupiert oder hochgesteckt. So kann das ganz einfach nach nichts aussehen und befriedigt gerade mal diejenigen, die anderen keinerlei gutes Aussehen zugestehen.

Bei dem, was ich – im Grunde bin ich mir sicher, wir alle – zunächst für einen Wetlook gehalten habe, scheint es sich in Wahrheit um das Ergebnis einer intensiven Vernachlässigung der Haarwäsche zu handeln. Um das, was dabei herauskommt, wenn man tagelang damit beschäftigt gewesen ist, eine Wüste zu durchqueren und nach nichts als einem Schluck Wasser Ausschau gehalten hat – oder nach einem Drink.

Dieter redet immer noch, mich interessiert allerdings längst nur noch der Mann in dem Kleid an der Theke. Mit einer Handbewegung, in der ich, zum ersten Mal, seit er das Lokal betreten hat, so etwas wie Selbstbewusstsein zu entdecken meine, bekundet er, dass er noch ein Glas haben möchte. Erneut reagiert der Barkeeper blitzschnell. Wie ein Revolverheld seine Waffe, lässt er die entsprechende Flasche hervorschnellen, als habe er sie die ganze Zeit über in seinem Rücken bereitgehalten, und gießt dem Mann in dem Kleid nach, wie er jedem anderen Gast auch nachgießen würde.

Nur ein paar Meter davon entfernt auf meinem Platz sitzend, habe ich den Eindruck, dass der Barkeeper es als eine Art Privileg empfindet, einen Mann in einem Kleid bedienen zu dürfen. Mir wiederum kommt es wie etwas Außerordentliches vor, ihn zu beobachten. Das Kleid, das ihm nach wie vor zu schaffen macht, ist dem Mann, der es trägt, mindestens zwei Nummern zu klein – ich habe jedoch das Gefühl, es stehe mir nicht zu, ihm das vorzuwerfen. Bei der Auswahl dürften weder Geschmack noch so etwas wie

Einfühlungsvermögen eine Rolle gespielt haben. Schmale, dunkle Streifen – ich kann ihnen nicht einmal eine Farbe zuordnen – kreieren eine Feierlichkeit, die so gar nicht zu dem sportlichen Körperbau dieses Mannes passt. Anders als im Umgang mit seiner Frisur und der mangelnden kosmetischen Pflege seines Gesichts, hat sich der Mann, was das Kleid betrifft, für etwas *Feierlich-Elegantes* entschieden und dabei außer Acht gelassen, dass ein solches Modell, das ihm an einer Schaufensterpuppe gefallen haben mag, seinem Typ überhaupt nicht gerecht wird. Etwas Simples, etwas in nur einer Farbe, und zwar in einem heiteren Ton – vielleicht sogar etwas Rustikales –, würde ihm sehr viel besser stehen.

Aller Wahrscheinlichkeit nach ist es für jemanden wie ihn auch nicht gerade leicht, diesbezüglich einen Rat einzuholen. Schließlich kann er nicht einfach in einer Boutique ein Kleid anprobieren und die verdutzten Mitarbeiterinnen, die eben noch davon ausgegangen sein dürften, er kaufe es für seine Partnerin, fragen, ob es ihm denn ihrer Meinung nach auch wirklich stehe. Andererseits hätten ihm die Mitarbeiterinnen der Boutique zumindest einen Tipp gegeben, in welcher Größe er ein Kleid wie dieses benötigen würde, sofern er vorhabe, es selbst zu tragen.

In meinen Augen spricht einiges dafür, dass der Mann das Kleid erworben hat, ohne jemanden in seinen Plan, darin gekleidet eine Bar zu besuchen, einzuweihen. Ich nehme an, er hat es online bestellt, worin ebenfalls eine Erklärung für eine fehlerhafte Einschätzung der Konfektionsgröße liegen mag, symbolisieren S und M doch recht unterschiedliche Dimensionen, je nachdem ob es sich um ein Kleidungsstück für einen Mann oder für eine Frau handelt.

Je länger ich den Mann in dem Kleid anschaue, desto deutlicher meine ich zu erkennen, dass er nicht geschminkt ist. Er hat weder Lidschatten aufgetragen noch einen Eyeliner verwendet. Seine Wimpern wirken ebenso wenig betont wie seine Augenbrauen. Soweit ich das von meinem Platz aus beurteilen kann, hat er kein Make-up aufgelegt, noch nicht einmal Puder oder Lippenstift – nichts.

Gemeinsam mit der mangelhaften Rasur lässt das Fehlen jeglicher Schminke im Gesicht des Mannes das Kleid, das er trägt, erst so richtig unpassend erscheinen. Es wirkt, als habe er sich regelrecht bemüht, die gesamte Zerrissenheit seiner Person zu versinnbildlichen. Das wiederum ist ihm hervorragend gelungen. Ein Teil seines Körpers scheint ihn dafür anzuklagen, wie er den Rest hier vor versammeltem Publikum präsentiert. Das unordentliche Haar ist Ausdruck seines chaotischen Innenlebens, das er alle paar Sekunden mit einer schroffen Handbewegung zu bändigen versucht. Natürlich bleiben die Strähnen nicht, wo er sie haben will, sondern machen sich unverzüglich daran, erneut in sein unrasiertes Gesicht zu baumeln.

Was ihn verfolgt und peinigt, sind offenbar gar nicht so sehr die restlichen Besucher und Besucherinnen dieser Bar, darunter ich und meine kleine Runde, es ist seine ureigene Natur, die hinter ihm her ist und ihn hier hereingetrieben hat. Ein einigermaßen souveräner Auftritt hätte den meisten Anwesenden möglicherweise sogar eine gewisse Anerkennung abgerungen.

Bald darauf – der Mann in dem Kleid ist bei seinem dritten Glas angelangt – habe ich das Gefühl, es falle allmählich auf, dass ich mich eher für das Geschehen an der Theke interessiere als für die Unterhaltung an unserem Tisch. Eine Zeit lang höre ich wieder Dieter zu, dann stehe ich auf und mache mich im Anschluss an ein paar entschuldigende Worte auf den Weg zu dem Mann an der Bar. Nur allzu deutlich spüre ich die Blicke der kleinen Schar meiner Bekannten, aber auch die einiger der übrigen Gäste, ausgestattet mit den Widerhäkchen schierer Ungläubigkeit, in meinem Rücken, und bin doch überzeugt davon, dass es sich dabei bestenfalls um einen

Abklatsch dessen handelt, was der Mann in dem Kleid auf seiner allabendlichen Tour über sich ergehen zu lassen hat. Ein Gemisch aus Abscheu, Neid und Bewunderung, aus Augen, die dem nicht trauen, was sie doch sehen.

Noch vor dem Mann in dem Kleid wird der Barkeeper darauf aufmerksam, dass ich mich ihnen nähere. Man könnte glauben, er habe schon die längste Zeit darauf gewartet, dass sich jemand von einem der Tische erhebt. Sobald ich die Theke erreicht habe, wendet er sich mit der Diskretion nachtaktiver Wesen einem Schwung frisch gespülter Gläser zu und überlässt mich dem Eingeständnis, dass ich eigentlich gar nicht weiß, was ich zu seinem extravaganten Gast sagen soll. Ich habe nicht einmal eine Frage mitgebracht, die ich ihm stellen könnte.

Am meisten interessiert mich, weshalb er sich nicht etwas mehr Mühe gegeben hat, wie eine Frau auszusehen. Eine solche Frage will allerdings, zumal in diesem Stadium unserer Bekanntschaft, so gestellt sein, dass nichts Beleidigendes darin anklingt. Der Mann in dem Kleid antwortet, dass ihm überhaupt nichts daran liege, wie eine Frau zu erscheinen. Es handle sich, sagt er, bei ihm um keinen Transvestiten, sondern lediglich um einen Mann im Kleid einer Frau – *seiner* Frau, um genau zu sein. Er sagt das ohne jeglichen Unmut, eher mit einer Spur von Traurigkeit in der Stimme, beinahe – so kommt es mir zumindest einen Moment lang vor – als habe er eine andere, eine *höhere* Stufe noch nicht erreicht. Seine Neigung, so der Mann in dem Kleid weiter, bestehe nicht darin, sich gelegentlich wie eine Frau gekleidet in der Öffentlichkeit zu zeigen, sondern darin, zu trinken.

Seiner Leidenschaft für den Alkohol, erzählt der Mann in dem Kleid, verdanke er es wiederum, dass ihm seine Frau, die an diesem Abend eine Veranstaltung besucht, bei der es sich um den Anlass ihres Aufenthalts in dieser Stadt handelt, sämtliche Hosen, Hemden und Jacken weggenommen habe. Auf diese Weise wollte sie ihn daran hindern, die nächste Bar aufzusuchen und sich zu betrinken. Ihm sei gar nichts anderes übrig geblieben, als sich eines ihrer Kleider auszuborgen. Das Kleid, das er da trage, sagt der Mann, sei das, das seine Frau auf der Reise angehabt habe (und voraussichtlich morgen für die Rückreise wieder anziehen werde).

Als der Mann in dem Kleid diese Worte ausspricht, bedient er sich eines Tonfalls, mit dem er um Nachsicht bittet, diese im selben Moment aber auch einfordert. Er scheint ein Quäntchen Stolz behaupten zu wollen, kleidet es allerdings voller Verachtung in nichts als Unzulänglichkeit.

Old School

Zweieinhalb Monate hatte sie im Krankenhaus verbracht, nachdem sie um ein Haar von einem Pick-up überfahren worden wäre.

Im Zuge eines halsbrecherischen Ausweichmanövers – der Fahrer hatte rasch begriffen, dass mit Bremsen allein nicht mehr viel auszurichten wäre – hatte sich auf der Ladefläche eine Fensterscheibe aus der Verankerung gelöst, war auf sie gefallen und hatte ihren linken Arm knapp unterhalb der Schulter von ihrem Körper abgetrennt.

An ihrem ersten Tag zu Hause betrachtete sie eine Schwalbe, aus deren Schnabel ein Spruchband ragte, auf dem ihr Name geschrieben stand. Die Buchstaben erwiesen sich als stärker angegriffen als erwartet. Das U erinnerte an ein abgenutztes Hufeisen, das L an einen Baum, von dem die Rinde blätterte. Sie war alleine in der Küche. Sogar der Knall, den das Zuschlagen der Tür verursacht hatte, verabschiedete sich in Form wellenartigen Dröhnens.

Dieser Arm sei auch ein Teil seines Lebens gewesen, hatte ihr Lebensgefährte gesagt und die Tür zugeschlagen, als gelte es, sie, unterstützt von einem derartigen Knalleffekt, aufzufordern, über seine Worte nachzudenken. Stattdessen fragte sie sich, ob jene Scheiben, die bei dem Unfall heil geblieben waren, mittlerweile in den für sie vorgesehenen Fensterrahmen saßen. Dann fiel ihr der Chirurg ein, der – von ihr gar nicht danach gefragt – angekündigt hatte, dass sie bald wieder ihren Beruf würde ausüben können.

Ob in ihrer Krankenakte stand, dass sie eine Ausbildung zur Lehrerin absolviert hatte? Tatsächlich war sie schon seit

mehr als zwei Jahren als Telefonistin und Verwalterin des Ma-
teriallagers in der Tischlerei ihres Lebensgefährten tätig. Ein
Unternehmen, spezialisiert auf sogenannte Wellness-Bade-
zimmer, ganz aus exotischen Hölzern und unter Verwendung
von Natursteinfliesen. Eines Abends hatte er ihr – damals
noch ihr *Freund* – im Rahmen eines Dinners bei Kerzenlicht
eröffnet, dass es ihm an einer Arbeitskraft mangle, die in der
Lage wäre, seine mitunter von der Norm abweichenden Ideen
mit einem konventionellen Geschäftsgebaren in Einklang zu
bringen. Ihm war nicht entgangen, dass sie sich als Lehrerin
am Gymnasium nicht wohlfühlte, und es war Teil seines We-
sens, was er sich für sie ausgedacht hatte, wie einen Gefallen
aussehen zu lassen, um den er sie in aller Demut bat.

Nunmehr, an ihrem ersten Tag wieder zu Hause, hatte
sie ihr Lebensgefährte jedoch daran erinnert, dass in einer
Beziehung gewisse Entscheidungen *füreinander* getroffen
werden sollten.

Auf dem Weg vom Spital nach Hause hatte sie durch das
Busfenster beobachtet, wie ein Müllmann eine Tonne in
Schräglage aus einem Hauseingang zog, was aussah, als eva-
kuiere er das Opfer einer außer Kontrolle geratenen Party
von letzter Nacht. Bei diesem Anblick hatte sie sich gefragt,
was wohl aus ihrem Arm geworden sein mochte. Ob man
ihn entsorgt hatte wie den Kadaver eines Tieres? Was für ein
trauriges Ende für eine Gliedmaße, die ihr Erscheinungsbild erst unverwechselbar hatte werden lassen.

Wesentlich besser gefiel ihr da schon die Vorstellung,
ihr Arm habe sich selbstständig gemacht, befinde sich auf
Wanderschaft und werde eines Tages einen anderen Körper
finden, um das, was von seiner aktiven Zeit noch übrig war,
mit diesem zu verbringen.

Auch er habe sich so seine Gedanken gemacht, hatte ihr
Lebensgefährte ihr versichert, während er ihr die Reisetasche

von der Schulter nahm – offenbar ein Ersatz für die früher übliche Umarmung. Etwas später, am Küchentisch sitzend, hatte er aufgezählt, was er im Laufe der Jahre alles von diesem Arm empfangen habe. Liebevolle Gesten ebenso wie drohende, aufmunternde und mitunter solche, die ihm in ihrer Zweideutigkeit ein Rätsel geblieben waren. Gelegentlich habe er sich an ihrem Arm festgehalten, dann wieder gespürt, wie dieser unter einen seiner beiden schlüpfte.

Ihm in der Küche gegenübersitzend, hatte sie nach und nach den Eindruck gewonnen, ihr Lebensgefährte warte voll Ungeduld darauf, dass ihr irgendeine Neuerung auffalle, die er in ihrer Abwesenheit – als wäre der Verlust einer Gliedmaße die geeignete Gelegenheit dafür – in der gemeinsamen Wohnung hatte vornehmen lassen. Schließlich deutete er auf den Deckel der Butterdose und gab ihrem fragenden Blick lächelnd und mit geschlossenen Augen zu verstehen, sie möge ihm einfach vertrauen.

Unter dem Deckel kam eine Maschine zum Drehen von Zigaretten zum Vorschein. Ihm war also nicht entgangen, dass sie, die passionierte Raucherin, von nun an Schwierigkeiten damit haben würde, ihre Zigaretten händisch herzustellen. Dabei hatte sie sich nicht mehr an ihrem Tabak bedient, seit sie im Krankenhaus zu sich gekommen war. Merkwürdig, dass ausgerechnet ihm, dem überzeugten Nichtraucher, das bei seinen Besuchen nicht aufgefallen war. Als sie in ihrer Handtasche danach greifen wollte, scheiterte sie daran.

Für eine Prothese aus Kunststoff hatte sie sich nicht unbedingt aus Kostengründen entschieden, sondern weil ihr dieses Modell in erster Linie auf eine optische Anpassung ausgerichtet schien. Ein Silikonüberzug sorgte für ein, wie es in der begleitenden Broschüre hieß, *täuschend echtes* Erscheinungsbild, das zahlreiche kosmetische Details miteinschloss.

Dafür verzichtete die Prothese ihrer Wahl – der Chirurg hatte sie darauf hingewiesen, ja gewarnt – auf jegliche funktionale Qualität. Sie verschwieg die Einschränkung ihrer Trägerin nur bis zu dem Zeitpunkt, an dem die geringste Bewegung erforderlich wurde. Und ausgerechnet Kleinigkeiten wie das Ausbleiben eines Handschlags würden, so der Chirurg, die Aufmerksamkeit viel schneller darauf lenken, dass etwas *nicht stimmte*, als eine gerade mal grobe optische Übereinstimmung in der Lage sein konnte, davon abzulenken. Den Tabak hatte sie eigentlich nur noch mit sich herumgetragen, um sich bei Bedarf von ihrer eigenen Willensstärke zu überzeugen. Nun aber stellte sich dem Wunsch, ihrem Lebensgefährten zu offenbaren, dass sie mit dem Rauchen aufgehört hatte, die Dankbarkeit entgegen, die sie ihm gegenüber empfand. War sie es ihm schuldig, mit dem Rauchen wieder anzufangen und die Phase ihrer Abstinenz am besten zu verschweigen? Oder ging es in Wahrheit um ihre noch nicht überwundene Sucht, die in seinem Geschenk ihre Chance auf ein Comeback witterte?

Ihre Prothese hatte ihr Lebensgefährte, seit sie aus dem Spital zurückgekehrt war, mit keinem Wort erwähnt. Er hatte sie noch nicht einmal einer genaueren Betrachtung unterzogen, während die verschiedenen Möglichkeiten eines Ersatzes bei seinen Besuchen im Krankenhaus sehr wohl das eine oder andere Mal Thema gewesen waren. Da hatte er ihre Entscheidung – für sie einigermaßen überraschend – unterstützt, wenn auch hinzugefügt, dass das Modell, das sie favorisiere, jederzeit gegen ein funktionell ausgerichtetes eingetauscht werden könnte.

Sie hatte gerade damit begonnen, sich die Zigarettendrehmaschine genauer anzuschauen, als ihr Lebensgefährte sie aufforderte, innezuhalten. Er stand auf und schaltete die Lampe auf dem schmalen Holzkästchen, in dem sich ihr Vorrat an

Spirituosen befand, ein. Von der zusätzlichen Lichtquelle unterstützt, begutachtete sie den Drehmechanismus. Zwischen zwei metallene Walzen gespannt würde das Zigarettenpapier den auf ein Kunststoffbändchen gebetteten Tabak umarmen, ein wenig Speichel diese Umarmung besiegeln, und eine mit den Fingern vorangetriebene Drehbewegung die Zigarette vollenden.

Und dann war es schließlich so weit: Mit einem Mal wurde alles, was sie an Aufmerksamkeit an einem Tag wie diesem zustande brachte, von dem Kästchen mit den Spirituosen und der Lampe, die er angeknipst hatte, geradezu absorbiert. Wo war die Tiffany-Leuchte, die bereits hier gestanden hatte, als sie ihn das erste Mal in dieser Wohnung – damals noch *seine* – besucht hatte?

Die Lampe, die auf dem Kästchen stand, hatte zwar in etwa die gleichen Ausmaße, und es ging ein ähnlich gedämpftes, in verschiedene Farben getränktes Licht von ihr aus, die Oberfläche ihres Schirms setzte sich allerdings nicht aus unzähligen bunten Glassplittern zusammen, sondern wurde von einem einzigen Stück gelblich-weißen Gewebes gebildet. Als hätte es jemand in Tee getränkt, wodurch es nicht nur dunkler, sondern auch steif geworden war, und es hernach um eine dezente Lichtquelle gespannt.

Es sah ganz danach aus, als habe ihr Lebensgefährte den Tiffany-Lampenschirm durch einen anderen ersetzt. Warum nur? Der hier wies eine unregelmäßige Musterung auf. Einzelne Motive innerhalb seiner Verzierung kamen ihr vertraut vor, sie hätte jedoch nicht sagen können, weshalb. Sollte ihr Lebensgefährte etwa einen Lampenschirm besorgt haben, um sie beide an die zahlreichen Tattoos zu erinnern, mit denen ihr Arm, als er von ihrem Körper abgetrennt wurde, geschmückt gewesen war?

Nach und nach erkannte sie die Schwalbe und das Spruchband mit ihrem Namen, das Herz mit dem bluttriefenden Dolch, den Totenkopf mit dem Zylinder und noch ein, zwei andere Motive aus dem von ihr so geschätzten Repertoire der Old School.

Ist sie nicht wunderschön, hatte ihr Lebensgefährte von ihr wissen wollen. Zu seinem Wesen gehörte es auch, gelegentlich nicht an sich halten zu können und ihr mit einer Frage in Bezug auf etwas, das sie – wie in diesem Fall – noch gar nicht richtig verstanden hatte, zuvorzukommen. Hatte sie denn nicht gewusst, dass ihm so einiges zuzutrauen wär?

Die ganzen letzten Tage habe er sich darauf vorbereitet, gegen ihre Voreingenommenheit anzukämpfen, ihre Fassungslosigkeit einzudämmen, schließlich ihre Begeisterung zu teilen und ihr sämtliche Details zu schildern. Das mit dem Chirurgen (Dr. *Dings*), der ihm – ohne jegliche Gegenleistung, abgesehen von dem Versprechen, niemandem etwas davon zu erzählen – ihren Arm *ausgehändigt* hatte, das mit dem Patienten des Chirurgen, der sein Bein eingefroren haben wollte, um sich später einmal vollständig begraben zu lassen, und das mit der Manufaktur, deren in letzter Zeit kaum noch verlangte Spezialität im Anfertigen von Lampenschirmen aus Tierorganen bestand.

In ihre Sprachlosigkeit hinein berichtete ihr Lebensgefährte von einer viele Jahre zurückliegenden Begegnung mit einem Bestatter, der ihm im Austausch gegen ein Kuvert mit einem entsprechenden Geldbetrag erlaubt hatte, die Urne, in der sich die Asche seiner Mutter befand, zu öffnen und ein bisschen etwas davon herauszuholen. Erst die Erwähnung dieser Begebenheit hatte ihr endgültig klargemacht, woraus der Lampenschirm gefertigt war. Beim Versuch, die Frage zu beantworten, was das bei ihr wohl auslösen sollte und was es tatsächlich auslöste, hatte ihr sein Ausflug in die Vergangenheit allerdings nicht geholfen. Entsetzen, Wut, erneut ein Gefühl von Dankbarkeit, Wiedersehensfreude?

Auf die Frage ihres Lebensgefährten, ob sie sich denn gar nicht freue, hatte sie so emotionslos wie möglich erwidert, dass es sich befremdlich anfühle, dem eigenen Arm in der Gestalt eines Möbelstücks zu begegnen.

Ein wenig enttäuscht hatte er entgegnet, dass es sich bei einer Lampe eigentlich um kein Möbelstück handle, sondern um einen Beleuchtungskörper, und kurz darauf, als habe er eingesehen, dass sie vorläufig für keinerlei vernünftige Argumentation zugänglich sei, hinzugefügt, er habe mit diesem Arm lange genug zusammengelebt, um so etwas wie Verantwortung für ihn zu empfinden. Das Zuknallen der Tür dürfte ihn dann jedoch selbst erschreckt haben. Sie war sich nicht sicher, ob die Schnalle bloß seiner Hand entglitten war oder sein dramatischer Abgang ausdrücken sollte, dass es ihm um mehr ging als um das Andenken an ein Stück gemeinsam verbrachter Vergangenheit.

o. B.

Dass er sich eines Nachmittags in einen schmalen Metallschrank eingeschlossen wiederfand, hatte etwas mit seiner religiösen Orientierung zu tun. Zweimal in der Woche kam er gemeinsam mit ein paar Mitschülern und Mitschülerinnen in den Genuss einer sogenannten *Freistunde*, die sie ohne nennenswerte Beaufsichtigung verbringen durften. Ihre einzige Beschränkung bestand darin, dass es ihnen nicht erlaubt war, das Schulgelände zu verlassen.

Wenn auch nicht aus exakt den gleichen Gründen, so waren sie doch alle vom Religionsunterricht befreit. Einer von ihnen, weil er jüdischen Glaubens war, die meisten, weil sie oder zumindest ihre Eltern sich zum Islam bekannten. Ein Brüderpaar, Zwillinge, gehörte einer Glaubensgemeinschaft an, von der er noch nie etwas gehört hatte – als er sich danach erkundigte, dankten ihm die beiden für sein Interesse, meinten jedoch, es hätte nicht viel Sinn, ihm das zu erklären. Seine Religionszugehörigkeit trug offiziell die Bezeichnung *ohne Bekenntnis.*

Innerhalb ihrer Gruppe verlieh ihm der Umstand, dass er nicht bloß einer von der allgemeinen abweichenden, sondern überhaupt keiner Religion angehörte, eine Aura zusätzlicher Ungebundenheit und machte ihn zumindest für diese eine Stunde ohne Aufsicht zu ihrem Anführer.

Untereinander nicht unbedingt befreundet – nicht einmal die Zwillinge, die demselben rätselhaften Glauben huldigten, schienen einander sonderlich zugetan –, war das Einzige, was sie verband, die regelmäßig wiederkehrende

Frage, wie sie die eine Stunde verbringen sollten, in der sie sich selbst überlassen waren. Während die meisten von ihnen diese Zeit als *Geschenk des Himmels* empfanden, sah er darin so etwas wie den *Lohn der Vernunft*. Einigkeit herrschte lediglich darüber, dass sie sie, zu Ehren ihrer jeweiligen Religion oder Religionslosigkeit, keinesfalls an eine jener Beschäftigungen verschwenden wollten, denen sie sonst so nachgingen. Also kein Gaming, kein Surfen, kein Chatten und selbstverständlich auch keine Hausaufgaben.

Am liebsten unternahmen sie Expeditionen, die sie an jeden noch so abgelegenen Winkel des Schulgebäudes führten. Sie inspizierten leere Klassenräume und fragten sich, was verbessert werden könnte. Sie zählten die Feuerlöscher und überprüften das Warmwasser in den selten benutzten Duschen in der an den Turnsaal angeschlossenen Umkleide. Im Musikzimmer sahen sie sich die Instrumente an, die sich aufgrund ihrer Größe in keinem der abschließbaren Schränke befanden (das Klavier, die große Trommel und den Gong). Im Chemiesaal überzeugten sie sich davon, dass nicht nur sämtliche Chemikalien, sondern auch die absonderlichen Gläschen und Röhrchen an einem unzugänglichen Ort aufbewahrt wurden. In keiner der Türen zu diesen Kostbarkeiten steckte ein Schlüssel – sodass sie nicht einmal hätten sagen können, ob es ein einziger war, der alle Schlösser sperrte, oder jede Türe ihren eigenen besaß.

Gelegentlich stiegen sie ins Kellergeschoss hinunter, statteten dem Raum mit den Heizaggregaten einen Besuch ab und, an die Oberfläche zurückgekehrt, der Kammer, in der das Reinigungspersonal die Putzmittel und Gerätschaften aufbewahrte. Begegneten sie einer Lehrkraft, behaupteten sie, sich auf dem Weg in das Klassenzimmer, das ihnen für die Dauer ihrer Freistunde zugewiesen worden war, verlaufen zu haben. Mit dieser Auskunft kamen sie jedes Mal durch. Seiner Einschätzung nach, weil die meisten

Lehrkräfte es für einigermaßen bedenklich hielten, dass die Regeln vorsahen, sie eine Stunde lang in einen Raum zu sperren, nur weil sie anderen Glaubens waren oder, wie er, bezweifelten, dass es überhaupt eine Religion gäbe, die der spirituellen Dimension einer höheren Macht gerecht würde.

Gegen Ende ihrer Ausflüge tauschten sie sich darüber aus, welcher Ort welchen Eindruck bei ihnen hinterlassen hatte (er: »Der Raum hinter dem Turnsaal, in dem die Turngeräte aus der Dunkelheit ragen, als handle es sich um Nachbildungen vorzeitlicher Kreaturen«), wo es für sie nach *richtigen Leben* ausgesehen habe (die Zwillinge: »Zwischen den Autos auf dem Lehrerparkplatz«, drei von den Muslimen: »Im Souterrain bei den leeren Käfigen, die im Winter als Garderoben benutzt werden«), wo sie sich wohlgefühlt hatten (sie alle: »Nirgendwo«).

Als es darum ging, was sie am unheimlichsten empfunden hätten, entschied er sich, ohne lange nachzudenken, für einen mannshohen Metallschrank, in dem der Schulwart ein paar abgenutzte Gartengeräte wie Rechen, Harken und Schaufeln aufbewahrte.

Keines dieser Werkzeuge hatte er jemals auf einer der Grünflächen, die das Schulgebäude umgaben, im Einsatz gesehen – wahrscheinlich, weil sie *altmodisch* waren. Der Schrank stand offen. Sein Inhalt war ebenso unbeaufsichtigt wie sie. Niemand schien sich dafür zu interessieren. Er musste an Werkzeuge denken, die eine Epoche symbolisierten, in der der Mensch und die Natur noch einen Umgang miteinander pflegten, über den heute kaum noch jemand etwas wusste.

Als er eines Nachmittags feststellte, dass dieser Schrank nach Unterrichtsschluss genauso abgeschlossen wurde wie alle anderen, war er davon dermaßen überrascht, dass er, obwohl er sich in diesem Moment in seinem Inneren befand, nicht einen Ton herausbrachte. Bis zu einem gewissen Grad mag das daran gelegen haben, dass er befürchtete, nicht erklären zu können, aus welchem Grund er sich nach Unterrichtsschluss zu den Gartenwerkzeugen in den Metallschrank gestellt hatte. Den Zwillingen aus ihrer Gruppe vergleichbar hätte er gerade mal darauf verweisen können, dass es nicht allzu viel Sinn hätte, näher darauf einzugehen. Für ihn stellte es sich so dar, dass ihn die Realität mit einem kurzen, aber heftigen Scheppern wachgerüttelt hatte. Was er an Erklärungen zu bieten gehabt hätte, wäre Außenstehenden wohl eher beunruhigend erschienen.

Da gab es zum Beispiel die vage Vorstellung, er hätte einige seiner genau wie er vom Religionsunterricht befreiten Mitschüler in den hageren Gartengeräten wiedererkannt. Mit dem Unterschied, dass sie hier drin stumm waren und ihr Anführer zu sein in diesem Schrank nichts damit zu tun hatte, dass er keiner der gängigen Glaubensrichtungen anhing.

Um diese Uhrzeit fand allerdings kein Unterricht mehr statt, woraus – ganz nebenbei – hervorging, dass er sich in seiner Freizeit im Schulgebäude herumtrieb. Es wäre also notwendig geworden, sich etwas anderes einfallen zu lassen.

Er hätte stammeln können, dass er ein wenig Zeit alleine mit diesem Gebäude hatte verbringen wollen. Als unterhielten die Schule und er ein romantisches Verhältnis. Dabei lag ihm vielmehr etwas an einer *Aussprache*, einer Unterhaltung unter vier Augen. Bezeichnen aber, wenn es um ein Haus geht, die meisten nicht eher die Fenster als seine Augen?

Um die Wahrheit zu sagen, handelte es sich um ein Gefühl, das ihm in Aussicht stellte, ein paar Dinge über dieses Gebäude in Erfahrung zu bringen, sofern er sich ihm überlassen, sich von ihm *einverleiben* lassen würde. Vielleicht sogar etwas über seine Seele, darüber, was sich hinter dem Augenscheinlichen tagsüber hier drin so alles abspielt – und warum. Einen Gedanken wie diesen hätte er jedoch Erwachsenen gegenüber gar nicht erst vorgebracht, und zwar weil er ihn selbst nicht recht verstand.

Im Inneren des Metallschranks ging es ihm in erster Linie darum, sich von jenen unangenehmen Fragen abzuschirmen, die ihm von den Hauptakteuren in seiner unmittelbaren Umgebung gestellt wurden – von der Finsternis und von der Aussichtslosigkeit.

Knapp unterhalb der Oberkante der Schranktüre befand sich zwar ein schmaler, horizontal verlaufender Schlitz, aber der bot ihm keinerlei Möglichkeit, nach draußen zu sehen. Für ihn symbolisierte diese aus dem Hintergrund beleuchtete Horizontale jenes Minus, mit dem die Außenwelt den Verlauf seines Abenteuers bewerten würde. Mit fortschreitender Dämmerung schien es sich zurückzuziehen, aber nicht etwa, weil er der Welt da draußen leidtat oder gar weil man erwog, zumindest seiner Fähigkeit, auszuharren, den ihr gebührenden Respekt zu zollen. Das Interesse an seiner Situation begann einfach nur zu schwinden. Die Zeitspanne Aufmerksamkeit, die für ihn vorgesehen war, neigte sich ihrem Ende zu. Draußen brach allmählich der Abend über das Schulgebäude herein, und abends – das wusste er so gut wie alle anderen – war nichts, das mit Schule zu tun hatte, von Belang.

Würde der Schulwart vielleicht doch noch eine abschließende Runde drehen? Verrichten einige die Gartenarbeit nicht erst in den frühen Abendstunden, weil sie um diese Uhrzeit niemand dabei stört? Kein Wunder, dass er bisher keinen der hochaufgeschossenen Kerle um ihn herum im Einsatz gesehen hatte. Im Moment waren sie aufgrund der Finsternis, die hier drin herrschte, ebenfalls nicht zu sehen, allerdings konnte er ihre erdige und rostige, ihre von unzähligen Handgriffen geformte Anwesenheit riechen.

Sollte die Türe doch noch aufgehen, wäre die Überraschung – dafür würde er schon sorgen – diesmal auf seiner Seite. Im Stil eines mit allen Wassern gewaschenen

Geheimagenten im Kino würde er aus dem finsteren Kämmerlein treten wie aus einer Aufzugkabine, die eine Zeit lang festgesessen hat, seine Kleidung in Ordnung bringen und eine knappe Bemerkung fallenlassen (à la »Mussten wohl erst noch ein paar Tafeln gelöscht werden«). Er würde sich verhalten, als wäre nicht nur ihm, sondern dem gesamten – natürlich nur imaginären – Publikum klar, wie er in diese Situation geraten war, wodurch der verdutzte Schulwart wie der Trottel dastehen würde.

Je mehr es danach aussah, als werde er die Nacht in dem Metallschrank verbringen müssen, desto verzweifelter klammerte er sich an die absurdesten Vorstellungen. Einer zufolge stünde ihm ein Schadensersatz in Millionenhöhe zu. Laut einer anderen ernannte ihn die Schulleitung zum Gartenbeauftragten, und in wieder einer anderen las ihm der Direktor im Anschluss an ein Interview mit einer Schülerzeitung, in dessen Verlauf er geäußert hätte, nach dieser Nacht das Wesen der Institution Schule sehr viel besser zu verstehen, jeden Wunsch von den Lippen ab. Darunter auch den, Herrscher über sämtliche auf dem Schulareal zum Einsatz kommenden Schlüssel zu werden.

Notwendiger als fantastische Zukunftsvisionen benötigte er jedoch eine halbwegs plausible Erklärung, wie um alles in der Welt er in eine solche Lage geraten war. Ausgerechnet der Gedanke, dass es, solange er diesbezüglich nichts vorzuweisen hatte, sogar von Vorteil für ihn war, wenn es mit seiner *Befreiung* noch ein wenig dauern würde, verstand es, ihn auf eigentümliche Weise zu beruhigen. Das Widersprüchliche in einer solchen Überlegung sorgte vorübergehend für eine gewisse Entspannung.

Sollte er einfach nur behaupten, gegen seinen Willen eingesperrt worden zu sein (»Keine Ahnung, von wem!«)? Das Einsperren war ja gegen seinen Willen erfolgt. Allerdings stand zu befürchten, dass der Verdacht zunächst auf die mit ihm gemeinsam vom Religionsunterricht freigestellten Schüler und Schülerinnen fallen würde. Der Umstand, dass es sich bei ihnen um Vertreter verschiedener, die hiesige Weltanschauung in mancherlei Hinsicht infrage stellenden Kulturen handelte, ließ sie in den Augen zahlreicher Eltern, deren Kinder diese Schule besuchten, ohnehin schon verdächtig erscheinen.

Man würde sagen, sie hätten ihn eingesperrt, um ihn dafür zu bestrafen, dass er nicht zumindest an etwas Falsches glaubte, wie, ihrer Auffassung nach, die Mehrheit der Gläubigen in diesem Land, sondern an gar nichts. Ginge es nach ihnen, unterschied ihn anscheinend nicht viel von einem Gegenstand, einem Werkzeug, unter die er demnach eher gehöre als unter Menschen. In Wahrheit hätten sich die Zwillinge geweigert, ihm die Grundsätze ihrer Religion zu erläutern, um nicht miterleben zu müssen, dass sein Zweifeln entweihe, woran zu glauben sie als einen Teil ihrer Identität betrachteten. Allein der Gedanke daran bescherte ihm, eingesperrt in einem Metallschrank, ein schlechtes Gewissen.

Einige Erwachsene würden eine derartige Vorverurteilung allerdings strikt ablehnen, und diesen würde er sich, aus seinem selbst gewählten Gefängnis befreit, anschließen – geschähe das auch vor allem in der Absicht, die Frage, weshalb er sich denn nun wirklich in den Metallschrank zu den Gartengeräten gestellt habe, in den Hintergrund zu rücken.

Warum hatte ihm das passieren müssen? Ihm fielen Bergleute ein, von denen es hieß, sie würden überall auf der Welt immer wieder in Stollen verschüttet und müssten mehrere Tage und Nächte lang ausharren. In einem Stollen dürfte es keinen Unterschied machen, ob draußen Tag ist oder Nacht.

Mittlerweile musste es Nacht geworden sein, und das erinnerte ihn daran, dass man zu Hause wohl schon voll Sorge auf ihn wartete. Das Versäumnis, nicht angekündigt zu haben, er werde möglicherweise die ganze Nacht lang ausbleiben, drängte sich vor das Pläneschmieden für sein Wiederauftauchen. Was das betraf, war nun wirklich er das Opfer. Hätte er geahnt, worauf sein Abenteuer hinauslaufen würde, hätte er behauptet, die Nacht bei einem Mitschüler zu verbringen. Dafür hätte sich im Grunde jedes Mitglied seiner Gruppe geeignet. Seine Eltern kannten die Eltern der anderen nicht, und ihre Namen waren schwer auszusprechen.

Der Tag hatte sich voller Häme von ihm verabschiedet und beim Gehen dem grinsenden Minus über seinem Leben das Licht ausgeknipst. Aus Angst, andernfalls zu verbittern, dachte er an Filme, in denen ein unbescholtener Protagonist (er) infolge eines verzeihlichen Fehltritts, in manchen Fällen auch aufgrund eines fatalen Irrtums seitens der Behörden, in der Gesellschaft einer Reihe übler Gesellen in einer Gefängniszelle landet. Eine solche Form der Vermenschlichung derer, in deren Zuhause er eingedrungen war, ängstigte ihn dann aber ganz unvermutet, und er brach diese Vorstellung abrupt ab.

Als gehöre sich das seinen Gastgebern gegenüber – eben hatte er sie noch als üble Gesellen bezeichnet –, fragte er sich, ob er nicht doch von ihnen eingeladen worden sein könnte. Was sollte ihn denn sonst veranlasst haben, hierherzukommen? Einen Moment lang gelang es ihm, an eine jener klassischen Mutproben zu glauben. Heranwachsende unterziehen sich solchen gelegentlich, sei es, weil sie die Position eines Anführers anstreben, sei es, weil sie einfach nur dazugehören wollen. Als überzeugender Grund blieb schlussendlich allerdings nur seine Religionslosigkeit übrig. Während andere Kirchen, Tempel oder Moscheen aufsuchten, um sich dort den Fragen zu stellen, die ihnen ihre Existenz aufgibt, schien das hier die für ihn vorgesehene Umgebung zu sein: Finsternis, Auswegslosigkeit und der Geruch einer erdigen, einer rostigen, von unzähligen Handgriffen geformten Anwesenheit.

Leibgericht

Als du die Augen aufmachst, steht da ein Servierwagen. Er muss hereingeschoben worden sein, während du dich ausgeruht hast. Solltest du etwa eingenickt sein? Jedenfalls hast du nichts davon mitbekommen. Es war die ins Schloss fallende Tür, die dich darauf aufmerksam gemacht hat. Dich ärgert nicht nur, dass dein unfreiwilliger Dämmerzustand ausgenutzt wurde, du bist es nicht gewohnt, auf diese Art und Weise verpflegt zu werden. Wer immer dahintersteckt, hätte gefälligst warten können, bis du wach bist.

Die Verköstigung entspricht sonst eher der Essensausgabe in einer Kantine – und daran gibt es auch nichts auszusetzen. Das passt viel besser zu dir. Alle werden aus demselben Topf bedient. Angesichts des vornehm anmutenden Geschirrs auf dem Servierwagen fallen dir jene eleganten Restaurants ein, in denen du nie zu Gast gewesen bist.

In silbernes Schweigen hüllend, was sich darunter verbirgt, nimmt eine Wärmeglocke nahezu die gesamte Auflagefläche des Servierwagens in Beschlag, und das wird so bleiben, bis sich jemand dazu entschließt, sie anzuheben und ihr Geheimnis zu lüften.

Neben der Glocke liegt ein Löffel – auch er aus Silber. Auf der anderen Seite befindet sich – eigentlich kann man sagen *steht* – eine Stoffserviette. Jemand hat durch raffiniertes Falten eine Art Objekt aus ihr gemacht. Die gefaltete Serviette sieht aus wie ein Gefäß aus Stoff. Bei genauerem Hinsehen meinst du, in den links und rechts herunterhängenden Zipfeln eine Narrenkappe zu erkennen. Der Narr bist aller Wahrscheinlichkeit nach du.

Inzwischen vollständig erwacht, weißt du, dass du zwei Möglichkeiten hast: Entweder du rührst nichts von alldem, was auf dem Wagen steht, an – als hätte es nicht das Geringste mit dir zu tun – und wartest, was passieren wird, oder du greifst zu und bestimmst selbst, wie es von diesem Moment an weitergeht.

Du entscheidest dich für Letzteres. Die Gelegenheiten, dein Schicksal in die eigene Hand zu nehmen, sind ohnehin rar gesät.

Erst setzt du dich auf, dann rückst du den Servierwagen mit Hilfe zweier seitlich angebrachter Haltegriffe an dich heran. Nun hat er es mit dir zu tun, nicht du mit ihm.

Stilgerecht wäre es, fällt dir ein, die Serviette, ungeachtet ihrer aufwendigen Faltung, auszuschütteln und sie dir an einem ihrer Zipfel vorne in den Kragen zu stecken, aber du hast das Gefühl, dass du dich damit noch erkennbarer einer fremden Vorstellung entsprechend verhalten würdest, als du das ohnehin schon tust.

Deine Finger berühren bereits den Griff der Wärmeglocke, als du innehältst und dir bewusst machst, dass du, indem du sie anhebst, etwas auslösen könntest, was sich am Ende nicht mehr ohne Weiteres stoppen lässt. In deiner – wer weiß – vielleicht ja von einem verdrängten Alptraum beeinträchtigten Vorstellung strömen unzählige Käfer darunter hervor, überschwemmen alles, auch dich, lassen dich vor Schreck erstarren, sodass du nicht einmal mehr weglaufen kannst.

Aber du hast dich nun mal fürs Handeln entschieden, allein schon indem du den Servierwagen in Position gebracht hast. Also hebst du die Glocke an, und anstelle einer Flutwelle von Ungeziefer dringt ein Geruch darunter hervor, der dich einen Moment lang handlungsunfähig macht.

Dieser Geruch kommt dir bekannt vor. Aber: Kennt der Geruch nicht vielmehr dich? Im Schutz der Wärmeglocke hat er sich auf die Suche gemacht, bis er dich schlussendlich hier, wo du dich seit geraumer Zeit aufhältst, gefunden hat. Sein Aroma beinhaltet deine Herkunft, dein Zuhause, das du vor Jahrzehnten verlassen hast, wohlwissend, ahnend – jetzt erst *weißt* du es –, dass du beidem eines Tages wieder begegnen würdest. Ehe dich diese verwirrenden Eindrücke vollends in Beschlag nehmen, stellst du die Glocke, die diesen Geruch verhüllt hat, auf den Boden.

Auf dem Servierteller befinden sich fünf Artischockenherzen – eingelegt in Öl. Stumm und willenlos liegen sie da wie die Köpfe von Blumen, deren Blütenblättern es nicht bestimmt war, sich zu entfalten. Deine erste Reaktion besteht aus einem Anflug von Ekel. Als würdest du auf die Gehirne kleiner Nagetiere blicken. Darauf folgt Enttäuschung. Artischockenherzen kannst du nicht leiden. Du hast sie nie gerne gegessen, vielleicht weil sie aussehen wie Reliquien, zu Forschungszwecken konservierte Überbleibsel, eher *eingegangen* als zubereitet.

Die Geschichte, die dir der Anblick der fünf Artischockenherzen erzählt, ist die Geschichte ihrer Zubereitung. Schritt für Schritt begleitet dich, was du von ihnen erfährst, zurück zu deinen Anfängen, dem, woraus du hervorgegangen bist. Die vornehme Abdeckhaube hat all das so lange warmgehalten, bis du sie heruntergehoben hast.

Du erfährst, dass Artischockenherzen, ehe sie, bereit, verspeist zu werden, auf dem Teller liegen, den Kern einer Pflanze bilden, der man kaum eine kulinarische Qualität zutrauen würde. Um zu ihrem Herzen vorzudringen, muss die Artischocke erst zerschnitten und eine Menge ungenießbarer Teile, darunter lilafarbenes, bitter schmeckendes Blattwerk und faserige Behaarung, entfernt werden, was einer beinahe chirurgischen Fingerfertigkeit bedarf. In der Folge kocht das Herz gemeinsam mit etwas Salz und einer Zitronenhälfte ein paar Minuten lang in Wasser, um der ihr angeborenen

Ungenießbarkeit Zeit zu geben, jene kulinarische Qualität anzunehmen, die eine zivilisierte Mahlzeit ausmacht. Die im Verlauf dieser Transsubstantiation verloren gegangene Energie wird dem Herzen mit dem Öl – Knoblauchöl – zurückgegeben. Für dich noch lange kein Grund, dir die Artischockenherzen einzuverleiben, und doch mischt sich etwas Versöhnliches unter deine Enttäuschung darüber, dass nichts anderes auf dem Servierwagen liegt. Immerhin wurdest du aufgefordert, dich an einen gedeckten Tisch zu setzen. Du hast lediglich, als du Platz nehmen wolltest, bemerkt, dass du schon sitzt und zwar auf deinem Bettgestell, der einzigen Sitzgelegenheit, über die du verfügst. Den Löffel und die kunstvoll gefaltete Serviette rührst du gar nicht erst an, und kurzfristig überkommt dich sogar das Bedürfnis, die Glocke wieder auf die Basis zurückzustellen und dem Servierwagen einen kräftigen Schubs Richtung Zellentür zu versetzen. Der Geruch der Artischockenherzen in Knoblauchöl hat allerdings bereits die Kontrolle übernommen. Ein Teil dieser Speise befindet sich in dir, breitet sich in deinem Organismus aus, hat begonnen, die Spielfigur eines woanders gefassten Plans aus dir zu machen. Du kannst dich dagegen sträuben, so viel du willst, das Ende steht bereits fest.

Plötzlich gelangst du zu einer fürchterlichen Erkenntnis. Ob du dir die Serviette nun umbindest oder nicht, die Artischockenherzen mit den Händen in deinen Mund steckst oder dich dafür des Löffels bedienst, egal ob du dir den Kopf über absurde Streiche oder unerwartete Sonderrationen zerbrichst, die Wahrheit ist: Vor dir steht deine Henkersmahlzeit. Mit diesem Gericht will man sich von dir verabschieden.

Unwillkürlich schiebst du den Servierwagen ein paar Zentimeter von dir weg. Eine größere Distanz bringst du nicht zustande. Es ist, als hättest du bemerkt, dass das Haltbarkeitsdatum eines Nahrungsmittels, das man dir anbietet, bereits überschritten wurde – mit der Besonderheit, dass es dabei um das Ablaufdatum deines Am-Leben-Seins geht. Dieser schockierenden Einsicht mangelt es nicht an Ironie, ist jemand doch offenbar irrtümlich davon ausgegangen, dass es sich bei Artischockenherzen um dein Leibgericht handelt. Ausgerechnet bei der einzigen eigens für dich zubereiteten Speise, die dir während deines gesamten bisherigen Aufenthalts in dieser Institution vorgesetzt wird, hat man sich für etwas entschieden, aus dem du dir dein Leben lang nichts gemacht hast.

Und wenn dahinter gar kein Irrtum steckt? Da sind sie wieder, die unzähligen Käfer, von denen du eben noch gedacht hast, sie wären nichts weiter als Komparsen einer übertrieben pessimistischen Vision.

Deine Tage sind also gezählt. Du hast, seit du hier bist, in einer Fantasie gelebt, in dem Irrglauben, gewisse Ereignisse, egal wie unabwendbar sie auch scheinen mochten, würden nicht eintreten, so lange du erfolgreich darin bist, sie zu ignorieren. Der Prozess hat niemand anderem gegolten als dir. Du bist im Mittelpunkt gestanden, warst nicht bloß Zeuge, um glaubhaft auseinanderzusetzen, dass es sich bei dir um einen unschuldigen Menschen handelt. Du warst es, über den das Urteil gesprochen wurde. Hast du dich denn nie gefragt, warum du hier festgehalten wirst?

Wer immer die Artischockenherzen zubereitet hat, er oder sie hat es darauf angelegt, dass du, sie verzehrend, dieser Welt Lebwohl sagen wirst. Ist die Wahl etwa auf Artischockenherzen gefallen, weil dieses Gericht – aufgrund des Anfangsbuchstabens – das erste auf einer Liste ist, der folgend all jene versorgt werden, die selbst keine Angaben gemacht haben?

Der Geruch des Knoblauchs gibt dir eine Idee davon, was dir bevorsteht. Nunmehr verstehst du auch, weshalb der Aufseher die paar Momente ausgenützt hat, in denen du geschlafen hast. Er hat alles darangesetzt, dir nichts erklären zu müssen.

Jetzt ist es wieder einmal zu spät. Sobald du erkennst, wie es um dich steht, ist die Entwicklung schon so weit fortgeschritten, sitzt du bereits so tief drin, dass es fast schon lächerlich wäre, etwas daran infrage zu stellen. Wahrscheinlich hat man dir den Tag genannt, und du hast ihn, wie vieles andere auch, überhört, verdrängt, eigenmächtig auf einen späteren Zeitpunkt verschoben.

Obwohl du das untrügliche Gefühl hast, dass du dich, sofern du von den Artischockenherzen isst – und sei es auch nur einen Bissen –, mit den für dich vorgesehenen Abläufen einverstanden erklärst, greifst du wie ferngesteuert nach dem Löffel. *Wie ferngesteuert* scheint dir ein passender Vergleich, basiert doch hier kaum etwas auf deinem eigenen Willen.

Sowie du versuchst, eines der Herzen zu zerteilen, verspürst du einen heftigen Schmerz. Als würde der Löffel eines deiner Organe verletzen. Du schreist auf, du musst schreien. Du schreist gegen die Ungerechtigkeit, einen Menschen in den Tod zu schicken. Was dich schreien lässt, ist die Verachtung, die darin steckt, dir eine Henkersmahlzeit zu kredenzen, vor der dir regelrecht graust. Hätten sie doch ganz einfach darauf vergessen. Vielleicht weil der Termin auch für sie überraschend angesetzt wurde. Weil sie ebenfalls angenommen hatten, es werde nie dazu kommen. Hätten sie dir doch aus lauter Verlegenheit etwas von der Snackbar im Foyer geholt – einen Schnitzelburger vielleicht, aufgrund des besonderen Anlasses mit einem Cordon bleu.

Aber nein, für sie kam dein Termin alles andere als unvorbereitet, sie haben lediglich deine Vorlieben verwechselt. Als es um die Frage ging, wer angeblich wofür verantwortlich sei, hieß es, eine Verwechslung könne ausgeschlossen werden. Als die Bestrafung bemessen wurde, hieß es, ein

Fehler sei gar nicht möglich. Geirrt haben sie sich erst, als die Aufgabe darin bestand, dir deinen letzten Wunsch zu erfüllen. Aber halt – das stimmt ja gar nicht! Haben sie dir deinen Wunsch nicht viel eher von den Augen abgelesen, nur eben, während diese geschlossen waren? Das ist es, was sie gelesen haben: Artischockenherzen.

Es ist ihre Unverschämtheit, die dich schreien lässt, und dieser Schrei gibt dir ein Gefühl von Freiheit. Etwas fällt von dir ab, bricht weg, begibt sich auf die Flucht. Was da von dir abfällt, ist deine Eigenschaft, dir alles gefallen zu lassen – es ist die Fessel der Wehrlosigkeit, der Betäubung, der Ohnmacht, des Schlafes. Du machst die Augen auf, bist endlich, bist jetzt erst aufgewacht.

Es ist wirklich so: Du hast die ganze Zeit über, du hast bis zu diesem Moment geschlafen. Alles war nur ein Traum! Jetzt erst richtest du dich auf. Du siehst nirgendwo einen Servierwagen, du siehst keine Wärmeglocke, keinen Löffel, keine zur Narrenkappe gefaltete Serviette – keine Henkersmahlzeit, keine Demütigung in Form von in Öl eingelegten Artischockenherzen. Du empfindest eine Erlösung, wie sie dir deiner Erinnerung nach in diesem Ausmaß noch nie in deinem Leben vergönnt gewesen ist. Obwohl dir der Schrecken nach wie vor in den Gliedern sitzt, fühlst du dich wie neugeboren, aus einem bösen Traum heraus in die Welt zurückgekehrt. Du warst in einem Alptraum gefangen. Dein Schrei hat dir den Weg in die Freiheit gewiesen, hat die Schale um dich herum zerbrochen und dich rückwärts in die Welt der Vernunft schlüpfen lassen. Du bist heilfroh, dass das alles nur Einbildung war. Das ist gar nicht deine letzte Stunde, das hier sind die dir bestens vertrauten Quadratmeter. Deine Bettwäsche, dein Bett, das Fenster.

Mit metallenem Quietschen geht die Tür auf. Der Aufseher macht einen Schritt zu dir herein, es handelt sich aber nur um einen halben Schritt. Als ziehe es ein Teil von ihm vor, im Gang zu bleiben. Du willst ihm ein paar aufmunternde Worte zurufen, bist aber von der eleganten Uniformjacke, die er anstatt seiner üblichen trägt, irritiert. Wie es aussieht, hat er sich sogar frisiert, als gelte sein Besuch einer hochgestellten Persönlichkeit, jemandem, den man hier drin vergeblich suchen würde. Deinem fragenden Blick antwortet er mit einem Nicken, in das er alles, was ihm an Entschlossenheit zur Verfügung steht, gepackt hat. Er sagt: »Ich fürchte, es wird allmählich Zeit.«

Der Autor bedankt sich bei: Gustav Ernst und Karin Fleischanderl, Olaf Probst, Annette Schönmüller, Andreas Unterweger und Giuseppe Zevola

Das Motto stammt aus dem Aufsatz *The Carlisle Fragment of Thomas's Tristan* von Judy Shoaf (für den Hinweis bedankt sich der Autor bei Andreas Unterweger).

Die Texte »Shopping« und »Leibgericht« sind in der Zeitschrift *MANUSKRIPTE* erschienen, »Ein Mann und eine Frau«, »Old School« und »Ohne Bekenntnisse« in der Zeitschrift *kolik*.

Zeichnung: Jorghi Poll

Hanno Millesi

geboren in Wien, Studium an der Universität Wien und an der Hochschule für angewandte Kunst. Auszeichnungen (Auswahl): Reinhard-Priessnitz-Preis (2017), Elias-Canetti-Stipendium der Stadt Wien (2011, 2012). Zuletzt erschienen seine Romane »Die vier Weltteile« und »Der Charme der langen Wege«, die beide für den Österreichischen Buchpreis nominiert waren. www.hanno-millesi.com

Hanno Millesi in der Edition Atelier

Der Charme der langen Wege
Roman, 192 S., 20 €
Nominiert für den Österreichischen Buchpreis 2021

Die vier Weltteile
Roman, 152 S., 18 €
Nominiert für den Österreichischen Buchpreis 2018

Der Schmetterlingstrieb
Roman, 136 S., 18 €

Austropilot
**Prosa und Lyrik aus österreichischen
Literaturzeitschriften der 1970er-Jahre**
Anthologie (gem. hg. mit Xaver Bayer), 176 S., 20 €

Venusatmosphäre
Novelle, 48 S., 5 €

Inhalt

Erste Auflage
© Edition Atelier, Wien 2023
www.editionatelier.at
Cover: Jorghi Poll nach einer Idee von Hanno Millesi
ISBN 978-3-99065-091-2
E-Book ISBN 978-3-99065-097-4

Gefördert vom Bundesministerium für Kunst, Kultur, öffentlicher Dienst und Sport sowie der Stadt Wien Kultur

WIEN KULTUR

Bundesministerium
Kunst, Kultur,
öffentlicher Dienst und Sport

Weitere Bücher finden Sie auf der Website des Verlags:
www.editionatelier.at